U0142494

給少年社會科學家

社會科學家

鄭中平
顏志龍 著

小論文寫作及操作指南

無聊的冒險
我可不玩！

五南圖書出版公司 印行

序 —— 我這有本祕笈

「小子，我看你真是練武的奇才；我這有一本祕笈，看你跟我有緣，這本書就送給你吧！」

每個人或許都曾幻想過有一天，自己能有一些機緣，獲得某種與眾不同的能力。電影《功夫》中的主角遇見了一個乞丐，對他講了前面那段話，然後被騙買了一本破書。但是你手上這本不是騙人的破書，這是一本貨真價實的祕笈。

我們寫這本書時，正值社會科學界掀起風暴的時候：研究造假事件頻傳，許多曾經被深信不疑的研究，被發現並不如想像中可信。這些危機，突顯出社會科學長期以來對科學的誤解。本書的兩位作者就在這樣的風浪之中漂流浮沉，不知何去何從？「我們來寫一本給高中生看的科學書吧！」於是我們想，讓科學向下紮根是重要的，這或許有助於在未來成就一批更好的社會科學家。因此，我們寫下了這本書。這本書的目的，不只是希望能協助高中生，完成一個初步的社會科學研究；更希望能讓他們培養正確的科學觀念和素養，作為未來進一步學習的基礎。

要寫出一本高中生能理解，並且易於使用的社會科學書並不容易。我們希望能傳遞正確的觀念，但是也必須考慮對高中生而言的可讀性。因此，書中多處都是在易於理解和完全正確之間，相互妥協、取得平衡的結果。

本書有兩位作者，每一章都是由其中一位作者去寫，然後再互相討論、修改出共同認為最好的版本。兩位作者風格不太一樣：一個像郭靖一樣，處事謹慎；另一個則像楊過，大而化之。或許你會發現不同章節的風格似乎有些差異，但這種風格的差異並不會影響學習。我們在書中埋下了一些線索，讓讀者可以猜出某一章節主筆的作者是誰。如果你有興趣，不妨找看看。

　　最後，全書出版的過程，我們非常感謝五南圖書出版公司的支持，尤其是陳念祖副總編和李敏華編輯的協助，使得這本書能以最適切的樣貌問世。

　　「年輕人，你有道光從天靈蓋噴出來，你知道嗎？年紀輕輕就有一身橫練的筋骨，簡直是百年一見的練武奇才。如果有一天讓你打通任督二脈，那還不飛天啦……」[1]希望這本書能打通你科學的任督二脈，成為你未來進一步練就科學絕技的根基。

鄭中平、顏志龍
2017 冬

---

[1] 電影《功夫》中的經典台詞。

目錄

Chapter 0

序章——無聊的冒險我可不玩

本書結構

有彩蛋

航向偉大的航道

序章——無聊的冒險我可不玩

「威震四海的海賊王哥爾・羅傑，曾經擁有整個世界的財富。他在被捕臨刑前說了一句話，使得全世界的人都趨之若鶩地衝向大海。『想要我的財寶嗎？想要的人……就到海上找找看吧！我把它們放在那裡！』」[1]

就像海賊王哥爾・羅傑將他的寶藏埋藏在大海裡，等待著勇敢的人們去找到它；真理之神也將宇宙的奧祕，隱藏在這森羅萬象的世界裡，等待努力的科學家們去找到它。牛頓的力學原理、愛因斯坦的相對論、佛洛伊德的心理分析、馬爾薩斯的人口論……，科學家們努力從看似紛雜的世界中找到法則，挖掘出真理，呈現在世人面前。在科學的世界裡，這些智者就像《海賊王》裡的那些英雄角色一樣，讓人感到讚嘆；看見這些科學巨人，你心中不禁想，我也要展開一場科學的冒險，找到那埋藏的真理。然而，冒險的旅程和你想像的有點不一樣，旅途中並不是只有和巨浪搏鬥的奮戰、和海怪遭遇的歷險；更多時候，你做的是一些基礎的工作：保養船上的機器（佛朗基）、烹煮水手們的三餐（香吉士）、刷洗甲板上的海鷗大便（喬巴）、打掃船上的廁所（不知道誰負責？）。沒錯，科學可能不是你想像中的那樣；在成就偉大的科學光環背後，有很多

---

[1] 《海賊王》第一集的開場白。這段話開啓了這部動漫歷久不衰的傳奇。本章中的一些用詞，如「無聊的冒險我可不玩」、「航向偉大的航道」，以及人物如魯夫、佛朗基、香吉士、喬巴，都出自《海賊王》。

的付出。有時你得不厭其煩地去找出程式或算式中，那極其細微的錯誤；又或是機械化地去操作相同的實驗程序，一次又一次。這過程中你或許會流下汗水、淚水，因而失去友情、愛情[2]……總之，就是進行科學研究並不容易。

然而，就像《海賊王》的主角魯夫說的：「無聊的冒險我可不玩。」在這本書中，我們盡可能用淺白的文字、詼諧的敘述，希望讓你在科學的冒險旅程中，能更加輕鬆。我們希望這本書能夠幫助你快快樂樂學科學、輕輕鬆鬆作研究。

本書結構

要讓這本書發揮最大的功用，帶給你最大的收獲，你得先對它的章節安排有所瞭解，因此這一小節很重要。請把你的科學冒險，想像成一場乘風破浪的尋寶之旅，而我們為了你畫了一張航海圖，如圖0-1。

圖0-1中有一個港口——「基礎之港」，和三座藏有寶藏的島嶼——「研究設計之島」、「論文寫作之島」和「資料分析之島」。基礎之港是一切的起點。你可以想像，在展開冒險之前有許多準備工作要做，你需要準備糧食飲水、槍砲彈藥、醫療用品等，

---

[2] 好啦！我們承認「流下汗水、淚水，因而失去友情、愛情」這寫法有點誇張。你只會失去玩樂和睡眠時間……啊！這好像更嚴重。

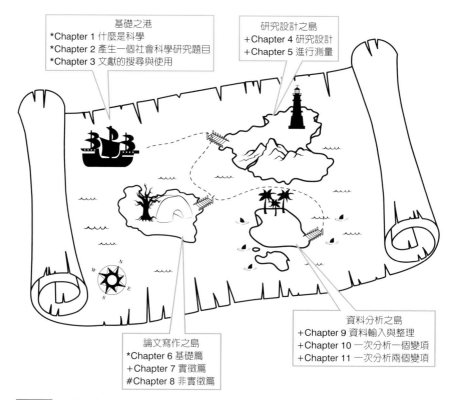

基礎之港
*Chapter 1 什麼是科學
*Chapter 2 產生一個社會科學研究題目
*Chapter 3 文獻的搜尋與使用

研究設計之島
+Chapter 4 研究設計
+Chapter 5 進行測量

資料分析之島
+Chapter 9 資料輸入與整理
+Chapter 10 一次分析一個變項
+Chapter 11 一次分析兩個變項

論文寫作之島
*Chapter 6 基礎篇
+Chapter 7 實徵篇
#Chapter 8 非實徵篇

圖0-1 本書結構

要等一切準備就緒後才能真正出海展開旅程；科學的海無邊無際，處處充滿著未知，沒有作好周全的準備，你會迷失在其中。因此基礎之港很重要，其中的三個章節：「什麼是科學」、「產生一個社會科學研究題目」和「文獻的搜尋與使用」，請你務必要閱讀。

閱讀完前面三個章節後，你將會知道社會科學有兩種主要的研究型式：實徵研究和非實徵研究，這兩種研究所需要的技能不太一

樣，這些技能就分別被放在三個埋藏寶藏的島嶼中，登上這些島嶼可以解開各種技能。圖0-1中標示「*」的章節，即表示不管你作的是實徵研究或非實徵研究，都要閱讀的章節；標示「+」的章節，是作實徵研究必須要閱讀的章節；而標示「#」的章節，則是作非實徵研究必須要閱讀的章節。因此，在讀完本書前三章後，如果你很確定自己要作「非實徵」研究，那麼只要再閱讀「論文寫作之島」中的第六章和第八章即可。因為非實徵研究和你過去寫作文時的論說文有些類似，並不需要學習很多新的操作技能，你需要的是升級舊技能，進一步瞭解科學寫作的要領。

如果在讀完前三章後，你決定要作「實徵」研究，那麼會比較有挑戰性，它需要更多和科學有關的操作及工具，而這通常是初學者比較陌生的。要作實徵研究，你得前往「研究設計之島」，瞭解如何設計一個研究；也要前往「論文寫作之島」閱讀其中的第六章和第七章，而「資料分析之島」則是藏有和資料分析有關的技能，你可以自行選擇要在作研究之前先讀，或是等資料蒐集回來後再依照第九至十一章的指示操作。

雖然你可以依據自己的研究性質選讀本書的部分章節，但我們最推薦的是將所有島嶼都走過一遍的航線；這航線就像《海賊王》裡面那句動人的口號，是個「偉大的航道」。由於這可能是你這輩子第一次真正地作科學研究，你應該有更多的耐心；就像去逛街買東西一樣，不必急著決定要在哪一家店買，你應該貨比三家後再作

決定。你不必急著去選擇要作實徵研究或非實徵研究，而是從基礎之港出發，走遍大海的每個角落；也就是把本書的每一章都讀過。讀完後你會對實徵研究和非實徵研究有進一步的理解，也會對社會科學有更全面的認識，那時再作選擇並不遲。然後你會發現買這本書非常划得來，因為你獲得了書中所有的寶藏。

　　這些寶藏是珍貴而且豐富的。因為本書的內容涵蓋了一位初學者，要完成社會科學研究需要的內容：從研究題目的產生、研究的執行，到論文的撰寫。其實這本書可以取名為《社會科學小論文，讀這一本就夠了！》，但兩位作者覺得這名字有點遜，所以沒有取這個名字。就像如果江湖上有一本很厲害，記載著一切武功的祕笈，卻取名叫作《天下武學，讀這本就夠了！》，應該會被丟到垃圾桶去，沒有人想要讀。但是取名為《九陰真經》聽起來就厲害很多。[3]所以，我們給這本書取了《給少年社會科學家》這個聽起來比較厲害的名字。這書名中的「少年」，指的不是男孩的那個少年，而是泛指青春期的少男少女；[4]我們期盼這本書對所有初次接觸社會科學的人來說，都是能讓他們感到如獲至寶的《九陰真經》。

---

[3] 《九陰真經》是金庸小說中最負盛名的祕笈，所有上乘武學幾乎都不脫九陰真經的內容，只要練成書中隨便一門武功就可獨步武林；就算看不懂，拿起來亂練一通，也可以把一堆人打趴（請 Google 九陰白骨爪）。

[4] 因此，本書無論是「Boys, be ambitious」或是「Girls, be ambitious」都可以。請自行 Google 這兩句話的典故。

有彩蛋

本書正篇共有十一章，每章之中都還有三種小彩蛋：「科學小學堂」、「進階主題：你可以Google看看」和「習作」。其中「科學小學堂」介紹一些重要的科學研究觀念，我們為了使各章節的主體閱讀更為流暢，所以把一些重要的觀念另外獨立在主要文章之外；建議你一定要閱讀「科學小學堂」的單元，瞭解那些重要觀念。每章的後面有「進階主題：你可以Google 看看」，當中介紹一些比較進階的概念，我們將一些重要的名詞列出來，讓你可以自己上網去查看。就初學者而言，這一部分你可以自行決定是否要有更多學習。值得一提的是，有時我們也會放上能讓你查出一些科學軼事的名詞，你可以從中看到很多關於科學的小八卦，這可以增加一些學習的樂趣。最後，每章之末我們也出了一些「習作」，你可以自行練習，或是和同學討論這些習作，對你的學習會很有幫助。

航向偉大的航道

最後，讓我們用一個故事，來為本書的序章下一個結語。你可能也聽過這樣的故事。在古代有一個絕世棋手，名字叫作藤原佐為，他一直在追尋成為最強棋手的境界，由於這個願望沒能達成，死後他的魂魄在人間徘徊不去。千年之後，他在現代遇見了一個少年。這個少年非常有天分，在佐為的教導下，少年的棋藝越來越強；而佐為也在機緣巧合之下，獲得了和當世最強棋手對戰的機會。一場驚心動魄的對弈之後，佐為打敗了當世最強棋手，他心滿

意足，覺得自己終於達到神乎其技的境界了。就在這個時候，少年指出了在那場對弈中，連佐為都沒想到的，可以逆轉戰局的神之一手。這令佐為大為驚異，佐為這才明白，原來上天讓他徘徊人間，等待千年，不是為了成就他，而是為了讓他帶領那少年，成為一個偉大的棋手。[5]

　　如果我們是藤原佐為，你就是那位少年了；這本書是為你而寫的。我們希望這本書能帶領你，進入科學的殿堂，領略科學之美。少年啊！真理之神已將宇宙的奧祕埋藏在無垠的知識大海裡，現在請你帶著這本指南書，揚起科學的帆，勇往直前，航向偉大的航道。

---

[5] 這是《棋靈王》的故事。如果一個講圍棋的動漫，可以讓完全不懂圍棋的人看得津津有味，我們沒有理由寫出無聊或讓人看不懂的論文；《棋靈王》對論文寫作者來說是很勵志的！

Chapter 1

什麼是科學

什麼是科學

　　想像在古老的過去，你和一群人躲在洞穴裡，外面風雨交加，不過好險糧食齊全，就是有點無聊。突然間來了閃電，反正大家閒著也是閒著，不如就來討論閃電是怎麼回事好了。有人說閃電是雷神索爾那隻槌子劈出來的，有人說閃電是玉皇大帝給雷公的懲罰，[1]大家各說各話，沒人願意相信其他人，這時胖虎站起來，給每個人一拳，大家就相信胖虎的說法了。[2]隨著時間，我們發現用拳頭有其限制，畢竟胖虎體力有限，當胖虎的威力不在，大家也就不再相信事情是那樣。這時我們發現，或許拳頭不是說服別人相信我們的好方法，我們需要一個大家都心服口服的作法，那就是用理性、邏輯和證據去說服別人。於是「科學」就出現了，科學就是靠理性和證據去說服別人相信我們關於世界的看法。

---

[1] 傳說電母是一個貧窮但孝順的寡婦，為了讓婆婆有白飯吃，自己偷偷地吃菜根。後來婆婆發現了非常心疼，就和媳婦搶菜根吃，雷公誤以為電母是一個搶婆婆東西吃的不肖媳婦，就把她劈死了。玉皇大帝知道後，大為震怒，於是命雷公娶電母為妻，並且說：「為了怕你又打錯人，以後打雷前，要請電母先照明是非、明辨善惡。」這故事告訴我們，每個妻子都是上天對她先生的懲罰啊……寫錯了，是為什麼打雷前會先看到閃電的由來。

[2] 胖虎是卡通《哆啦A夢》中的角色，以孔武有力和唱歌很難聽聞名。他在卡通中的主要工作就是欺負主角大雄；而他這工作做得非常好。有多好呢？2014年時，有教育團體認為《哆啦A夢》是一部和霸凌有關的卡通，要求電視台應該自律下架……

1.1 科學只討論客觀事實

　　「我最會說服同學午餐要吃哪一間，所以我是科學家？」同學，還差一點點，科學是要說服關於這世界的「事實」。在此，我們要分清楚客觀事實與主觀價值判斷，例如：「方文山是青花瓷歌詞的作者。」這是客觀事實；「青花瓷這首歌的歌詞很讚」是主觀的價值判斷。「麥當勞午餐要花多少錢」，這是關於事實的問題；「麥當勞午餐好不好吃」，這是關於價值判斷的問題。[3]科學想討論的是客觀的事實，而不是主觀的價值判斷。人生中需要很多價值判斷，包括道德與宗教，甚至包括音樂與食物的品味，這些都很重要，不過和價值判斷、個人喜好有關的，都不是科學。科學可以告訴你咖啡在烘焙過程中因為美拉得反應產生酮、醛和雜環化合物，但咖啡香不香，是你自己的價值判斷，你不該期待用科學的方式回答這些重要的價值問題。這也說明了一件事情，你在構思一個科學論文的題目時，要避開那些涉及個人價值判斷的問題，作為一個科學家，你要問自己：「我問的這個問題，背後有一個客觀的答案

---

[3] 以下註解可能有礙身心，請在父母或師長陪同下服用。「麥當勞午餐好不好吃？」是關於價值判斷的問題，不過，當我們調查有多少人同意某一個價值判斷時，例如：「有多少高中生認為麥當勞午餐很好吃？」這又變成關於事實的問題了。再進一步問，「這麼多高中生認為麥當勞午餐好吃，難道不是台灣美食教育崩壞嗎？」又變成關於價值判斷的問題。再再進一步問，「有多少人同意高中生認為麥當勞午餐好吃顯示美食教育崩壞？」這又變成事實問題。再再再進一步問……。唉！一下子是價值、一下子是事實，你搞得我好亂啊！現在你知道為何這個世界充滿問題了吧？

嗎？」如果答案是Yes，那就是個科學問題；如果答案是No，那就不是個科學問題。在這個前提下，我們可以根據研究對象的不同，而將科學區分成不同的學門，你可以參考【科學小學堂1-1】，會對科學的分類有更進一步的理解。

1.2 科學的精神——以簡御繁

　　科學的其中一個核心精神是以簡御繁，也就是用簡單的法則，來解釋複雜的現象。科學有興趣的是各類的事實，不過這世界的事實太多了，所以我們會用少一點的規則，讓這些事實看起來更容易懂，甚至可以用這個規則猜出我們先前沒觀察到的事實。例如：科學家看到葉子落下、看到蘋果落下，於是想到可以用萬有引力這個規則去解釋這些看似不同的事實；有了萬有引力的公式，不管落下的是葉子、蘋果、鐵球或羽毛，我們都可以解釋它們、甚至預測它們。然而要達成這種以簡御繁並不容易，科學不只要知道事實（what），也得要知道事實怎麼發生（how），何時會發生（when），為何會發生（why），這樣才會對事實有更完整的瞭解；也就是3W1H。

　　跟著這個3W1H，我們可以問出很多類科學問題。例如：你觀察到某個社會事件，意識到嫌犯被判的很輕，你也發現嫌犯很漂亮，於是，你可以開始一連串的科學問題了。

漂亮的人犯罪，會被判得比較輕嗎？	what，現象
嫌犯的容貌如何影響到法官的判斷？	how，現象怎麼發生的
每種罪都會因為長得漂亮而判得比較輕嗎？還是有些罪不會？	when，現象何時會發生
為什麼漂亮的嫌犯，會被判得比較輕？	why，現象為何會發生

　　當你在回答這些問題時，可能會意識到，或許重要的不是漂不漂亮，而是要擁有某些社會喜歡的正面特質；一個人就算長得不漂亮，但如果個性討人喜歡、看起來像個愛家的人、有較高的社經地位等，也比較容易被輕判。這時，先前問的「漂亮的人犯罪，會被判得比較輕嗎？」就會改成問「擁有社會認同的正面特質的人犯罪，會被判得比較輕嗎？」於是你可以問這些問題：

擁有社會認同正面特質的人犯罪，會被判得比較輕嗎？	what，現象
社會認同正面特質是如何影響到法官的判斷？	how，現象怎麼發生的
每種罪都會因為有社會認同正面特質而被判得比較輕嗎？還是有些罪不會？	when，現象何時會發生
為什麼擁有社會認同正面特質的嫌犯，會被判得比較輕？	why，現象為何會發生

　　在上面的例子裡，我們一開始只想到容貌對判決的影響，後來則用了一個更廣泛的概念——「社會認同的正面特質」；這個概念除了漂亮，也包含個性討人喜歡、愛家、高社經地位等。由於使

用了一個更廣泛的概念，我們就談到更多的事情。自然科學中也會這樣做，就像是我們用「鈍氣」包括氦、氖、氬、氪、氙、氡等，我們會討論鈍氣如何如何，這樣就一次談到好幾種氣體。在社會科學中，我們會利用像這樣的方式，用包含比較廣的概念把一堆事實整合起來，讓我們可以談論更多的事。將事情用更廣泛的概念來說明，需要對世界有很清楚的瞭解認識。很多重要的社會科學家的貢獻，就在於提出某些更廣泛的概念，讓大家可以用這些概念來觀察人與社會。例如：經濟學裡面的機會成本、社會學裡的科層組織、人類學裡的交換、心理學裡的防衛機制等。有了這些比較廣泛的概念，你會突然間發現，兩件看起來不相像的事，原來是類似的，因此你可以一次討論比較多的事。藉由類似這樣的方式，我們從一堆本來看似不同的紛雜現象中，逐漸理出一些共通的核心規則，這就是我們前面提到的，科學的其中一個目的是希望要能以簡御繁。不過，要作到這樣的以簡御繁並不容易，我們建議你還是要先從一個清晰的小問題出發。這一點我們在第二章中會作詳細的說明。

問出問題後，下一步就是要怎麼說服人了。我們不打算學胖虎用武力威嚇人，也不打算學小夫欺騙人，而是正面出擊，用證據來說服人。作研究就是正面出擊，根據問題蒐集證據，來說服人。

科學小學堂 1-1

自然科學、社會科學與形式科學

科學想討論世界的事實，而世界上的事物各式各樣，所以我們可以用關心的對象來分類科學。世界包含了無生命的物質，討論這些就變成物理、化學、地質學與天文學等。世界也包含生物，所以就有動物學、植物學、海洋生物學與古生物學等。我們所處的世界的一大特徵，是人類，我們可以討論人、人與人的互動、人在組織內的活動等，這就變成了心理學、教育學、社會學、人類學、管理學與政治學等。通常我們把前兩者稱為自然科學，後者稱為社會科學，也就是社會科學是以人為研究對象的科學。相較於自然科學，社會科學在比較晚期才興起，所以在你前面的巨人還不多，因此你很有可能變成社會科學界的牛頓或愛因斯坦。

在上面的說法裡面，數學和哲學就不知道要放到哪裡了。數學和哲學被稱作形式科學，可以用來討論世界，但不直接討論世界。你可以把形式科學想像成汽油，不同學科是不同類型的車子，汽油不會自己跑，但是它讓車子能跑；轎車和貨車都需要汽油，但汽油不能被歸類為一種轎車或貨車。自然科學和社會科學都會用到數學，但數學既不是自然科學，也不是社會科學；而哲學也是類似如此。

1.3 實徵研究與非實徵研究

　　前面提到科學是利用證據來說服人的過程；我們可以用所提供的證據類型，把研究分兩類：「實徵研究」和「非實徵研究」。回想一下本書的序章，這兩種研究的分類對使用這本書來說很重要，你務必要理解。實徵研究蒐集實際的資料（如數據、訪談等），利用這些資料來說服別人。非實徵研究，就是不以資料為主要的證據，而是整理、綜合過去的研究結果提出新的想法，或是批評、比較過去的幾個想法等，來說服別人。這兩種說服人的方式，對應到過去的經驗主義與理性主義（關於經驗主義與理性主義，請參考【科學小學堂1-2】）。

　　如果你有興趣臉書會不會讓人過得更快樂，你可以採用「調查研究」，調查用臉書的人快樂的程度，是不是高於沒用臉書的人，這是實徵研究。你也可以用「實驗研究」，設計實驗讓一組人用臉書，一組人不用臉書，看看是不是用臉書那組比較快樂，這也是實徵研究（關於這兩種研究設計，在本書的第四章中會有進一步說明）。因此，所謂的「實徵研究」指的是有去蒐集資料，例如：去操作實驗、施測問卷、進行訪談等。除了上面說的這種實徵研究之外，研究也可以用非實徵的方式進行，例如：你研讀過去關於快樂的文章，看看照著他們的想法推理，臉書會不會是造成快樂的可能原因，這沒牽涉到蒐集資料，你只是整理過去的研究，所以是非實徵研究。也可能這問題已經有人蒐集過資料，發展了很多想法，你可以綜合過去想法，提出自己的想法，這也是非實徵研究。

　　那應該要做實徵研究，或是非實徵研究？這要看你在回答你設定的科學問題時，最重要核心的論證是否需要資料來支持。如果核心論證需要額外的資料，那就應該去蒐集所需要的資料，就是做實徵研究；如果核心論證不需要額外的資料支持，那麼就應該做非實徵研究。

　　詳細來說，你想到問題後，應該設想一下，如果有了那一些證據，研究問題就算是被回答了嗎？注意喔！因為研究還沒做，所以這些證據不是已經在手上，而是「如果有的話」就可以回答問題。接著去清點這些需要的證據，把其中核心部分列出來。如果核心證據需要額外的資料，無論是調查現況，或是需要做個實驗，那麼你應該做實徵研究。如果核心證據不需要額外的資料，主要都是綜合過去的想法，或是由別人的研究中可以推出答案，那麼你應該做非實徵研究。

　　實徵研究和非實徵研究論文的寫作方式不同，本書第六章、第七章、第八章分別介紹了關於這兩種論文的寫作要領。此外，由於實徵研究和非實徵研究說服人的方式不同，因此評估它們好壞的方式也不同。那麼，該怎麼做好實徵研究或非實徵研究呢？讓我們看下去。

科學小學堂 1-2

理性主義和經驗主義

在西方思想史中，有兩種認識世界的方式：一種叫做理性主義，一種叫經驗主義。理性主義不是說做事很理性，而是指純粹用理性推理的方式認識世界，不考慮觀察到的現象。極端的理性主義者，認為我們觀察到的現象，都不可信，因為可能會被惡魔矇騙。啥！你說沒有惡魔？那就換成被電腦程式植入特殊晶片，所以看到的都是幻覺。[4]觀察到的現象可能被騙，可是理性不會，為了避免被騙，我們不要相信感官感覺到的，而應該用理性去瞭解世界。

但是純用理性而完全否認感官經驗有時也會有問題。例如：有天你撞見你男友或女友劈腿，和別人手牽手在逛街，你卻告訴自己，「假的，那是眼睛業障重！」這樣似乎也有些太過頭。[5]所以你可以想像，有些人認為用感官來理解這個世界是重要的。如果你選擇相信感官經驗，這就是第二種認識世界的方式，叫做經驗主義。經驗主義的麻煩就是會觀察到一大堆

---

4 電影《駭客任務》的劇情。一個稱之為「母體」的電腦程式占據了世界，它把人類當作能量來源，人其實只是躺在那邊，沒有在真實世界中活動，至於所感受到的視覺、聽覺、嗅覺、味覺、觸覺等，都是被電腦程式創造出來，讓人類信以為真的。

5 2016 年時，海濤法師向信眾開示如何對另一半外遇釋懷時的用語，後來成為網路流行語。

事實，為了簡化這堆事實，所以需要搭配歸納法（不是數學歸納法喔！），從這堆經驗事實中抽出可能的規則。例如：養雞場的某隻聰明雞，牠發現自己昨天沒被送去屠宰場，前天也沒有，大前天也沒有，到目前每天都沒有，所以運用歸納法得出：「我不會被抓去屠宰場。」最好是這樣！就算過去每一天都沒被送去屠宰場，不表示明天不會被送去，這稱之為歸納法的謬誤。因此，蒐集資料後用歸納法去作出結論，有可能犯錯；所以，純用經驗主義也是有問題。

　　現代科學多半是兩種主義的混合版，我們先有一些想法（厲害一點把這叫做理論），由這些想法推想應該看到什麼現象（目前到這邊是理性主義），再去觀察是否存在這個現象（這邊就是經驗主義了）。如果有，我們就比較相信這個想法；如果沒有，我們可能就認為這想法有瑕疵，再加以修改。然後再推想出應該看到的現象，之後再去證實或是修改，一路下去。我們關於世界的想法，就會越來越厲害。

1.4 實徵研究說服他人的方式

　　實徵研究說服人的方式是用資料，所以資料能不能很好的回答問題，就會是研究好壞的判準；而資料要能回答研究問題，有幾件重要的事情要考慮：

　　首先，你設計的研究情境越像你想知道的問題情境，那這研究就越好。例如：如果你想研究「台灣法官是否會因為嫌犯長得漂亮而影響判決」，你應該要以台灣各地的法官，而不是某個縣市的法官為研究對象。如果你想知道「帝丹高中用臉書的同學是不是比較開心」，你應該要調查帝丹高中的同學，而不是改方高中的同學。[6]

　　第二，研究必須盡可能排除一些干擾因素，這樣我們才能知道問題的真正解答。這很像偵探小說在找真兇，你發現祕書出現在命案現場，所以你認為這位祕書是真兇。問題是出現在現場的有一堆人啊！你要認定祕書是真兇，除了要說明他有嫌疑，還要排除其他人的嫌疑，才能說他是真兇。換到社會科學研究中，如果我們想知道，用臉書是不是讓人更開心的原因，即使我們調查出用臉書的人的開心程度高於沒用臉書的人，我們也不太敢肯定說臉書是讓人開心的原因。因為說不定有其他原因，既讓人喜歡臉書，又同時讓人開心。例如：「外向」的個性，外向的人既喜歡用臉書又比較開心；開心可能是因為用臉書的關係，也可能只是使用者外向個性的關係，以此來看，上面那個調查研究不算非常好，「用臉書」是嫌犯，但不確定是真兇，因為「外向」也有嫌疑。如何利用研究設計排除其他事情的嫌疑，會在第四章討論。

---

[6] 帝丹高中是《名偵探柯南》中工藤新一的高中，而改方高中則是與工藤齊名的關西高中生偵探，服部平次所唸的高中；有所謂「關西的服部，關東的工藤」之稱。附帶一提，本書的兩位作者目前也在推廣「台北的志龍，台南的中平」這句口號，請多支持。

　　第三，研究要報告足夠的細節，讓人家可以複製你的研究。當我們在看別人的實徵研究報告時，我們通常假定報告人沒作弊。可是，要是報告人作弊怎麼辦？我還可以相信這份報告嗎？這就牽涉到科學研究的複製（replication）。科學制度的設計，是希望當我們看完其他人的研究報告時，如果想要的話，可以自己重做一次，這就叫複製。如果大家做出來都和報告上是一樣的結果，那就沒什麼好懷疑的。但是我們需要知道關於某個研究足夠的細節，才能進行複製。因此，一個好的實徵研究，關鍵的步驟要報告得夠清楚、夠詳細，讓其他人有辦法照著做。同時，研究步驟要盡可能的標準化，避免用主觀的方式決定步驟，這樣其他人可以照著做。就像食譜要寫「鹽1/3茶匙」，不要寫「鹽少許」，而所謂「茶匙」容量是指多大，也要說清楚，這樣才有辦法照著做（關於現代科學的檢查制度，請參考【科學小學堂1-3】）。

科學小學堂 1-3

現代科學的檢查制度

　　白天閒聊時，聽到同學說他作出了某件不可思議的事，你認為這實在太唬爛了。晚上新聞說科學家作出了另一件更不可思議的事，你開始讚嘆，科技真是日新月異。

　　同樣的不可思議，科學家憑什麼比較可以相信？其實科學不但會犯錯，還很常犯錯。雖然如此，但透過適當的制度，

科學家相信經過時間的篩選，最後還是會排除錯誤。

　　科學的第一個重要檢查制度是同儕審查，就是說科學報告在刊登前，會送到兩到三位其他的科學家手中，讓他們判斷報告該不該被刊登。這很像同學互相改考卷，決定是否及格；聽起來不太保險，對吧？沒錯，當科學家編出看起來超像的假發現，或是審查的科學家不認真或是沒能力審查，假論文或壞論文就被登出來了。

　　同儕審查不太夠力，不過我們還有一個檢查機制是複製。簡單來說就是大家跟著作作看，如果某個研究別人照著作也能得到同樣結果，我們對這研究所傳達出來的知識就會放心許多。所以，研究報告要盡可能完整，這樣其他人才可能照著作。當有人不相信這個發現，就可以自己照著報告作，看看作不作的出來。

　　只要大家重視複製，而且要求研究細節要報告地很完整，複製將會是科學的終極保鑣。在這種狀況下，假研究還是有可能暫時通過同儕審查而被登出來，可是就算被登出來，當其他科學家開始照著作，有問題的研究還是會被揪出來。「你可以欺騙所有人於一時，也可以欺騙有些人於一世，但你無法欺騙所有人於一世。」[7]

---

[7] 引用自林肯。

1.5 非實徵研究說服他人的方式

談完「實徵研究」說服人的方式，接下來我們來談談「非實徵研究」又是怎麼作的。非實徵研究說服人的方式，就是靠清晰的邏輯，與對不同想法和現象的掌握程度。我們可以把非實徵研究說服的方式，類比成古代的打仗，有時候需要軍隊推進，有時候需要攻城。

推進式的論述，就像你玩三國志，要從成都打進長安城，途中必須經過潼梓、漢中、五丈原，才能抵達長安。[8]如果你想要說明「嚴刑峻罰會讓社會治安變差」，我們把它想成就像是從A地（嚴刑峻罰）推進到D地（讓治安變差），你需要把由A到D的路分解成A到B、B到C、C到D等幾條中間路徑。先由嚴刑峻罰（A）會讓嚴重程度不同的罪犯都得到相同懲罰（B），嚴重程度不同的罪犯得到相同懲罰（B）會讓犯罪者一不做、二不休，犯更多、更重的罪（C）；當犯罪者選擇犯更多、更重的罪（C），治安就變差了（D）。只要可以說服讀者每一條都很自然，沒有岔路，這就很好地表示A可以推到D。你需要有清晰的邏輯，以能推出這些中間路徑，有時中間路徑可能看起來不自然，則需要引用過去研究或是理論，說明何以此時最可能是如此。一個好的推進式論述，每一步都可以說服讀者，步與步之間也要連結的很好。你應該試著將推進的

8　本書作者從「三國志」第一代打到截至本書出版爲止的第十三代威力加強版，對此路線相當熟悉。

過程一步一步列出來，仔細察看每一步是否可以說服讀者，以及步與步之間不能有縫隙。

另一種論述方式是攻城式的論述，藉由列舉各種方式，試著回答問題。就像攻城時，我們會用各種手段，想辦法打破城牆、搭雲梯進入城內，甚至火攻、水攻逼城內投降等。如果你想要說明「嚴刑峻罰」對「現代社會的影響」，在這邊，社會影響就是我們要攻的城，而嚴刑峻罰可能由各種方式影響到社會。例如：我們藉由兩種方法來攻城：（一）嚴刑峻罰可能會短期降低犯罪率；但強化我們應該報復的想法，進而影響到整個社會的道德思考；（二）嚴刑峻罰也會使我們需要更多的預算投入在蓋監獄上面，影響社會經濟等。攻城式的論述不像推進式的論述，有前後串聯的邏輯順序，而是同時一起指向你說服人家的論點。你需要掌握不同的想法與現象，才能想到眾多的攻城辦法，並且需要讓每個攻城辦法看起來都有些效果，還要讓這些攻城方法不能彼此間矛盾（士兵搭雲梯進入城內後水攻？那會淹死自己人）。由此看來，什麼是一個好的攻城論述，就很容易評估了，你要列出多個論證，每個論證個別都很重要可信，彼此間也不能矛盾，綜合起來也有足夠的力道可以回答問題。

簡而言之，非實徵研究好壞的判準，是論點本身是否有說服力，而這種說服力可以藉由兩方面加以檢視：具有先後順序的多個論點間，邏輯關係是否嚴密（推進式），以及個別論證是否可信且沒有矛盾（攻城式），來加以判斷。

1.6 由一個小的問題開始

「少年啊！要胸懷大志！」[9]你可能有遠大的志向，問了一個很廣泛又重要的問題，但身為起步的少年社會科學家，還是要先從問一個小的問題開始，才能逐步回答一個更大的問題。就像你打算蓋一座宏偉的宮殿，但還是該由最基本的砌磚頭開始。你可能對某些廣泛的問題有濃厚的興趣，但應該用比較長的時間來想如何回答這個問題。因為問廣泛的問題，常常需要對過去很多研究的瞭解，這需要夠多的時間才能做好。在你的第一步，我們建議你由砌一塊磚開始，試著為科學這座大宮殿砌一塊磚。先問一個不太廣泛的問題，這可以是一個新的問題，也可以是你心目中那重要問題的其中一角。在本書第二章中，就會教導你如何產生一個範圍適切的研究問題。

科學像是一座宏偉的宮殿，很多傑出的科學家，一生中不過就是幫忙蓋一堵牆，而更多的科學家則只是幫忙砌一塊磚。不過，我們都相信將來總有一天，宮殿會蓋成。曾經有兩個人同樣在砌磚頭，當你問第一位在做什麼，他滿臉勞累，回說：「我只在砌磚頭」，問第二位在做什麼，他雙目炯炯，回說：「我正在蓋宮殿」。兩個人都在砌磚，在做同樣的事，但不同的眼界，讓他們對自己做的事有不同的評價。

---

[9] 北海道大學校訓。

　　身為少年社會科學家，你將要砌一塊磚，不過，你不只是在砌磚，而是在蓋一座宏偉的大宮殿。在你我有生之年，可能都看不到這座宮殿的全貌，但遙想未來宮殿輪廓稍具，你將會在宮殿中找到自己砌的那一塊磚。

////////////////////// 本章摘述 //////////////////////

1 科學活動就是用理性的方式，以證據說服其他人相信你關於世界事實的看法。

2 科學研究的對象，是關於客觀的事實，而不是主觀的價值判斷。價值判斷（道德、宗教與品味）很重要，但不是科學。

3 科學研究可以區分成「實徵研究」跟「非實徵研究」。實徵研究要以直接或間接觀察到的事實（例如：施測問卷、進行訪談）當作證據，非實徵研究則以論理的方式（例如：綜合過去的研究）當作證據。

4 當你有一個初步的想法，或是有想瞭解的問題，先試著把它寫下來，列出要支持這個想法時需要的證據。如果需要的證據牽涉到蒐集新的資料，那就作實徵性研究；如果需要的證據可以由過去已確認的事實推想，那就作非實徵研究。

5 好的實徵研究，設計時應該讓資料蒐集的情境與問題關心的情境相符，同時要可以排除可能干擾研究結果解釋的其他原因。

6 非實徵研究的論證形式可以分成「推進式」和「攻城式」。好的推進式論證，推論過程中的每一步之間要連接得很好；好的攻城式論證，包括很多彼此間不矛盾的小論證，這些小論證整合起來則要有夠強的力量去支持結論。

進階主題──你可以Google看看

▷ 科學
▷ 理性主義、經驗主義
▷ 羅素的雞
▷ 假說演繹法（hypothetico-deductive model or method）
▷ 論文審稿造假案
▷ 科學的複製危機
▷ Wiki、實徵研究（empirical research）

本章習作

1. 找到一篇評論台灣公共政策的文章（你可以找報社的讀者投書、部落格或臉書文章），把文章的主要論點摘錄成一個一個句子（不要超過十句）。針對每個句子，試著區分它牽涉到的事實，或是牽涉到的價值判斷。

2. 針對「以遊戲方式教學，有助於記憶」這個現象（what），將他改成對應的 why、when、how 的問題，並說明哪個問題最引起你的興趣。

3. 進入中學生網站的小論文專區網頁，找到一篇有興趣的小論文，先看題目，猜猜看是實徵研究或是非實徵研究。然後閱讀全文看看，確認到底是實徵研究或是非實徵研究。

4. 針對「高中生晚點到校有助於身心健康」這個論證，使用本章談到的攻城式和推進式方法，列出你的支持性證據。

產生一個社會科學研究題目

產生一個社會科學研究題目

在人類存在於這個世界的漫長歲月中，有許多人曾經在果樹下乘涼，然後不小心被各種水果砸過。然而，只有一個人因為被水果砸到而改變了歷史；他問了一個重要的問題：「為什麼蘋果會往下掉，而不是往左、往右、往上掉？」不用說，大家都知道這就是著名的牛頓被蘋果砸到而發現萬有引力的故事。這邊很重要的是「蘋果」兩個字，因為如果當初掉下來的是椰子或榴槤，那麼牛頓問的問題可能會是：「怎麼會那麼痛？」於是他大概就不會提出一個那麼厲害的物理學理論了。這故事的真假有很多爭議，但是無論如何，在科學中問對問題很重要；一個好的問題，是科學研究的重要起點。就像那句股市名言：「好的老師帶你上天堂、不好的老師帶你住套房。」[1]好的研究題目會讓你的研究進行的比較順利，也會在研究完成後有更大的成就感，作完研究後你心中會有一種：「我回答了一個重要的問題」的暢快感。因此甚至可以說，問對問題比找到答案更為重要。

在社會科學中，研究問題大致上可以區分成兩大類：一種是「變項關係式」的研究問題，就是去探討多個事物之間的關係；另一種則是「單一主題式」的研究問題，是針對某一個主題進行深入探討。在這章中我們將分別說明如何產生這兩種研究想法。

---

[1] 股市分析師張國治的名言，後來因綜藝模仿秀使得這句話廣為流傳。其中「老師」指的是股市分析師，「套房」指的是股票被套牢。

2.1 產生「變項關係式」的研究題目

要如何才能產生一個可行的研究問題呢？我們先看看下面這些句子：

「F=ma。」

「咖啡喝多了，是否會得癌症？」

「歌唱得好聽，是否唱片就賣得好？」

「智商和成就有沒有關係？」

以上這些句子，有沒有什麼共同之處？這些問題看起來似乎不太相同，但是它背後的形式是相同的，就是在描述兩個或更多事物之間的「關係」。例如：「F=ma」這個物理學公式，它描述的是力、質量、加速度三者之間的關係；「咖啡喝多了，是否會得癌症？」描述的是「咖啡飲用量」和「罹癌機率」之間的關係；以此類推。一切的一切都是關係。沒錯，「有關係就沒關係、沒關係就找關係」這句話除了用來描述人情世故之外，也可以用來描述科學的目的。對科學來說，雖然並不是全部，但大部分的研究都是想要發現某些關係。倒過來說，想要形成一個可行的研究題目，最直接的一個方式，就是把你的想法以關係的方式表達出來。

舉例來說，你從生活經驗中有了以下想法：

「最近看新聞，常常看到一些類似這樣的標題，〈人美心更美，愛狗正妹被封真女神〉、〈甜美逆天美腿正妹淚崩剪長髮，所得捐出作善事〉、〈正妹弄破車燈好心留紙條願負責，男網友暴動

了〉：這些新聞的特色是都報導了正妹，好像只要人長得好看，隨便作些什麼事都會被報導。爲什麼呢？」

　　這邊你觀察到了一些現象，而且提出了一個問題，但是這是一個研究問題嗎？如果我問：「具體來說，你的研究是想要回答什麼問題呢？」你會發現你說不太出來，只能一直不斷重複地去重述上面那段話。上面那段描述很清晰，你講給身邊的人大家都聽得懂，但是它只能說是日常對話，不是一個研究問題。這邊有一個很重要的觀念，科學的語言不等於日常語言，日常語言是彼此能聽懂就好了，科學語言則是要想辦法把日常語言變得更精確，「精確」對科學來說非常重要，你將發現我們在這一章中會一直不斷地在強調「精確」這件事。例如上面那段話，「人美心更美」是什麼意思？什麼叫人美？是指臉蛋長得漂亮嗎？還是指身材很好？是兩個條件都要有，或是只要其中一項條件成立就算是人美？心更美又是什麼意思，是指喜歡小動物嗎（愛狗正妹被封眞女神）？還是捐很多錢（所得捐出作善事）？又或者是負責任（正妹弄破車燈好心留紙條願負責）？如果你沒辦法說清楚什麼是「人美」，什麼是「心美」，你就沒辦法把人美和心美的關係描述清楚。對日常語言來說，上面那段話在溝通時完全沒問題，但就從事科學研究來說，卻是不夠的，因爲它在很多地方都不夠清晰。所以，你可以在日常生活中有很多觀察，但是不能讓自己停留在日常語言中，以爲那就是研究想法了。你必須要再進一步地把日常語言中的每個詞彙說清楚，然後明確地轉化爲事物之間的「關係」。舉例來說，上面那段陳述，可能形成以下這些關係：

　　「長得好看的人，是否比較善良？」（「好看程度」和「善良程度」之間的關係）。

　　「長得好看的人，是否比較有責任感？」（「好看程度」和「責任感」之間的關係）。

　　「長得好看的人，是否新聞報導較多？」（「好看程度」和「媒體曝光度」之間的關係）。

　　在上面的例子中，你可以看到每一個問題，背後都隱含了事物之間的關係，那就是研究問題，你的研究想法要能以前面例句中底線的方式加以陳述，才會是一個可行的研究問題。因此，產生可行的研究想法的關鍵在於要能把日常的語言，轉化為科學的語言，而其中一個重要的作法，就是把日常語言中的每個詞彙說清楚，然後轉化為事物之間的「關係」（參考【科學小學堂2-1】）。

科學小學堂 2-1

「關係」和「差異」是同一件事喔！

　　有時人們想瞭解的可能是差異的問題，例如：「男生和女生在喜歡科學的程度上是否有差異」，這其實也是在談關係。這個問題可以用另外一種方式來表達：「性別與喜歡科學的程度之間是否有關係」。如果男女生有「差異」，就表示性別和喜歡科學的程度間是有「關係」的。因此「男生和女生在喜歡科學的程度上是否有『差異』」和「性別與喜歡科學的程

度之間是否有『關係』」在講的完全是同一件事，只是用了不同的寫法。同樣的，當我們說「肥胖和體重有關係」時，等同於在說「胖的人和不胖的人在體重上有差異」；「星座和性格有關係」等同於在說「不同星座的人在性格上有差異」。因此，「關係」和「差異」其實是同一件事，只是在文字表達上用了不同的方式。對科學來說，使用不同的文字表達，並不會改變它背後傳達的事實。在你思考研究問題時，瞭解「關係」和「差異」其實是同一件事，可以把事情想得更清楚。

2.2 如何從日常語言到科學語言

對研究新手來說，要把日常語言轉化為科學語言並不容易。怎麼作呢？其實這個過程和金田一進入密室後要找出殺人犯差不多。首先你要詳細地把所有可能的證物擺出來，然後從裡面挑出對破案有幫助的證物。我以我爺爺的名義發誓，[2]要產生可行的研究題目，照著金田一辦案的方式去做準沒錯。這包含以下步驟：

---

[2] 「我以我爺爺的名義發誓」是《金田一少年之殺人事件簿》的經典台詞。男主角口中的爺爺就是日本知名推理小說家橫溝正史筆下的靈魂人物：金田一耕助。所以，金田一是個姓，動漫男主角的真正姓名叫作金田一「一」，而他有個遠親妹妹叫金田一「二三」。

一、用簡單的句子寫出你的思考

　　對研究新手而言，光只是讓想法在腦海中打轉，不太容易把事情想清楚，因此你要作的第一步，是先把你的思考寫出來。尤其是要想辦法寫成簡單的句子。例如：前面那段和正妹新聞有關的日常語言有長長的四行，你可以先簡化成：「長得好看的人，是否比較善良？」這樣簡單的句子。

二、讓簡單的句子變得完整

　　接下來你要讓上面那個簡單的句子變得更完整。研究新手在思考時，常常省略了重要的字詞，因此誤導了自己的思考。例如：「長得好看的人，是否比較善良？」在這個思考中，你在意的是長得好看的人、長得不好看的人，還是所有人？如果你的答案是「長得好看的人」，那麼你就犯了「省略了重要的字詞，因此誤導了思考」的毛病了；事實上你在意的不只是長得好看的人，也在意長得不好看的人。你想想，如果有個同學說「男生比較高」，那是什麼意思？他真正的意思是：「男生『比女生』高。」男生比較高當然是和女生比的結果，只是這位同學省略了對女生的陳述。省略了對女生的陳述，在日常語言中完全沒問題，但是在科學語言中這種省略很危險，會誤導思考，使得你產生只在意男生的直覺式思考；事實上「男生比較高」表達的並不是我們只在意男生，而是我們在意人類中的兩種人──男人和女人，而男人的身高比女人身高來得高。然而「男生比較高」這種省略的寫法，很容易讓你在思考時忽略了女生。

回到「長得好看的人，是否比較善良？」這個例子，就像男生比較高必然是和女生比較的結果，長得好看的人比較善良，必然是和長得不好看的人比較的結果。於是「長得好看的人，是否比較善良？」這個句子完整的樣子應該是：「長得好看的人，是否『比長得不好看的人』善良？」仔細看這個句子，你會發現你真正關心的不是長得好看的人，而是長相的「好看或不好看」所造成的影響。甚至，這個句子中的「善良」兩個字還可以更完整，把善良的程度寫出來，整個句子寫成「長得好看的人的善良程度，是否高於長得不好看的人的善良程度」。這樣寫從日常語言來說，似乎顯得有些囉嗦，如果參加作文比賽絕對不會得名，但是科學不是在寫作文，科學語言也不是日常語言，科學語言是寫得越精確越好。金田一剛開始一定是詳細地列出犯案現場中的所有可能證物，不會為了求方便而忽略某些東西。同樣地，你在把自己的思考寫成句子時，也不能為了方便或美感而省略某些字詞，因為省略字詞會影響你的思考。你應該要完整地寫下你思考中所有的字詞，然後根據完整的句子去作思考，這樣才不容易犯錯。

三、找出變項

金田一在列出所有的可能證物後，接下來會從中找出對破案最關鍵的那些證物。當完整地呈現所有思考的字詞時，你要開始找到自己所在意的關鍵事物，而這些關鍵事物，通常是那些會「變動」

的事物，也就是所謂的變項。[3]「變項」的觀念在科學中很重要，在本書中這兩個字詞會常常出現，請務必參考【科學小學堂2-2】中的說明。以「長得好看的人的善良程度，是否高於長得不好看的人的善良程度」為例，在這個句子中有兩件事情是會變動的，一個是「長得好看與否」：有人好看、有人不好看；一個是「善良程度」，有人善良程度高、有人善良程度低。於是你可能發現，你的研究在意的是「好看與否」和「善良程度」之間的關係，是不是長得好看的人善良程度高、不好看的人善良程度低？最後你得到的一個可行的研究想法就是：「『好看與否』和『善良程度』之間的關係」，或是「『美醜程度』和『善良程度』之間的關係」。

這邊幫你摘述一下，在上面這個形成研究想法的過程中，有三個重要的步驟：

第一，先把日常語言，以簡單的句子寫出來。例如：「長得好看的人，是否比較善良？」

第二，要讓這個句子變得完整，不要省略當中的字詞。例如：「長得好看的人的善良程度，是否高於長得不好看的人的善良程度？」

第三，仔細找出研究問題中那些會變動的事物，也就是變項。

---

[3] 「變項」的原文是 variables，其意義詳見【科學小學堂2-2】。它有很多不同的翻譯；在國、高中教科書裡，稱之為「變因」；在不同的科學領域中則有人用「變數」、「變量」等名稱。在社會科學中比較常用「變項」這個詞，因此本書採用這個詞。

例如：「長得好看的人的善良程度，是否高於長得不好看的人的善良程度。」這裡面有兩個會變動的事物：「好看與否」和「善良程度」。找到句子中的變項，你就很有機會形成一個可行的研究題目。要產生一個可行的研究問題，其中一個關鍵就是在於要能形成明確的「變項關係」。

這整個過程可以描述如圖2-1。

1.從觀察中產生
初步研究想法

2.將想法寫成簡單的句子，
例如：「長得好看的人，
是否比較善良？」

3.將句子寫得更完整，不要
省略字詞，例如：「長得
好看的人的善良程度，是
否高於長得不好看的人的
善良程度？」

4.從步驟3，找出可能的變
項，最後形成變項關係。
例如：「『好看與否』和
『善良程度』之關係」。

圖2-1 探討變項關係的研究題目之形成

科學小學堂 2-2

變項是研究的基石

　　變項（variables）是科學研究的基礎。變項指的是這世界上所有會變動的事物。它可以是隨著不同的人而變動的，像性別、身高、體重、血型、性格；也可以是隨著同一個人在不同情境而變動的，如心情、想法、觀念；或是隨著這世界在不同的時空而變動的，如溫度、速度、人口數等。總之，所有會變動的事物，都稱之為變項。所以，如果我們想知道「高中生的社會科成績表現如何？」這裡面只有一個變項：「社會科成績」；如果我們想知道「社會科成績是否會影響受歡迎程度？」這裡面有兩個變項：「社會科成績」和「受歡迎程度」；以此類推。

　　找出變項對科學問題的形成非常重要；前面說過，科學的一個重要目的是在描述事物之間的關係，事實上，更精確來說，科學是在描述「變項之間的關係」。我們之所以建議你在思考時，應該要避免省略某些字詞，是因為省略字詞會讓你不容易看出變項。「社會科成績好的人是否比較受歡迎？」這裡面看不出「社會科成績」和「受歡迎」的變動，不容易發現它們是變項。比較好的寫法是「社會科成績的『高低』，是否和受歡迎的『程度』有關。」這裡面「社會科成績」和「受歡迎」都是程度，有高有低，此時你才能明確地意識到它們是變項。文字的使用大大地影響你的思考，尤其是會影響你對變項

的判斷。不信？我們來試試。以下的三個句子，各自有幾個變
項呢？

A 「認真的老師比較受學生喜歡。」

B 「認真的老師比不認真的老師更受學生喜歡。」

C 「老師的認真程度和受學生喜歡的程度之間有關係。」

（答案在本章之末）

2.3 形成研究問題的思考方式──漏斗型思考

以上說明了產生研究問題的三個步驟，這有助於你去形成變
項關係。然而找到變項關係後，不代表這個研究問題就一定是可行
的。變項必須夠清晰才行。上面提到了「『好看與否』和『善良程
度』之間的關係」，在這裡「好看與否」和「善良程度」，都算是
足夠清晰的變項，但是有時你想出來的變項本身可能太過模糊，此
時你就必須更仔細地往下想。

例如：你想研究「『有無吃早餐』和『學校表現程度』的關
係」，在這個問題中，「學校表現程度」有高有低，是會變動的，
它是一個變項沒錯，可是它是一個很模糊的變項。「學校表現程
度」指的是哪方面的表現？是上課有沒有專心？學業表現好不好？
體能表現如何？還是和同學的相處是否融洽？「學校表現程度」是
一個太過模糊的變項，如果你的研究問題停留在這個層次，那麼這
個研究想法是不可行的。你必須想得更仔細一點，讓這個變項更清

晰。例如：也許你最在意的是學業方面的表現，那很好，「學業表現」比起「學校表現程度」來得更清晰，此時你的研究就比較可行了。甚至，你在意的可能是某些科目，例如：數理科目的表現，於是它又更為清晰了。類似這樣，讓變項由模糊變得清晰，是一種由繁而簡、由寬而窄的思考過程；也就是所謂「漏斗型的思考」——從一個比較大的範圍出發，往下想，限縮範圍直到它夠清晰。

那麼，一個變項要限縮到多小的範圍，才算夠清晰呢？答案是直到它可以被操作、測量時，就算是夠清晰了。以上例來說，當變項是「學校表現程度」時，如果我問你：「你要如何測量『學校表現程度』這個變項呢？」你會發現這個問題不好回答，你不太確定自己該蒐集哪些資料。但是當變項限縮到「學業表現」時，你會很清楚地知道自己要去蒐集和學業成績有關的資料，此時這變項就算是夠清晰了。若再往下限縮到「數理科目的表現」，你會更清楚地知道自己該蒐集哪些科目的成績，此時就更為清晰了。變項的範圍要限縮到多小，視你個人的研究興趣和目的而定，但是最低的限度是至少要限縮到你知道如何操作或測量這個變項的程度，才表示這變項是清晰的；而只有研究想法中的所有變項都夠清晰時，才表示這個研究想法是可行的。

妥善地運用上面說的漏斗型思考，非常有助於我們去發現研究中重要而有趣的核心要素。承上面的例子，如果你的研究問題是：「『有無吃早餐』和『數理科目的表現程度』的關係」；這個研究問題中的兩個變項都已經算是很清晰了。但我們仍然可以多作一些

思考，例如：「有無吃早餐」是個清晰的變項，有些人有吃、有些人沒吃，但是你往下想，你在意的真的是有沒有吃早餐嗎？還是有其他更在意的事？會不會你在意的是吃的份量多少？吃了些什麼東西？甚至是在家吃或在外面吃？於是，你可以用漏斗型的思考去限縮範圍；例如：你覺得真正重要的是早餐吃的內容是什麼，於是你再往下想，影響數理表現的會是早餐的什麼東西？是吃的份量？中式或西式早餐？有沒有吃蛋？冷食或熱食？還是其他的和早餐有關的事？然後你可能想到，數理表現程度很受到思考能力的影響，而思考非常需要消耗熱量，因此重點並不是有沒有吃早餐或是吃了什麼東西，而是早餐的熱量高低。於是你的研究想法，從最一開始的「『有無吃早餐』和『學校表現程度』的關係」變成「『早餐熱量高低』和『數理科目表現程度』的關係」。這個研究問題明確而可行。這就是漏斗型思考的限縮歷程，可以讓你的研究想法從發散到逐漸聚焦。圖2-2展現了這種漏斗型思考的歷程。

2.4 產生「單一主題式」的研究題目

本章一開始提到，社會科學的研究問題大致上可以區分成兩大類：「變項關係式」的問題和「單一主題式」的問題，以上我們談的是如何有效地產生一個「變項關係式」的研究題目，但有時你感興趣的未必是某些變項之間的關係，而只是想對某個現象或主題進行更深入的剖析，這就是「單一主題式」的研究題目。這類研究問題通常可能是以下的形式：

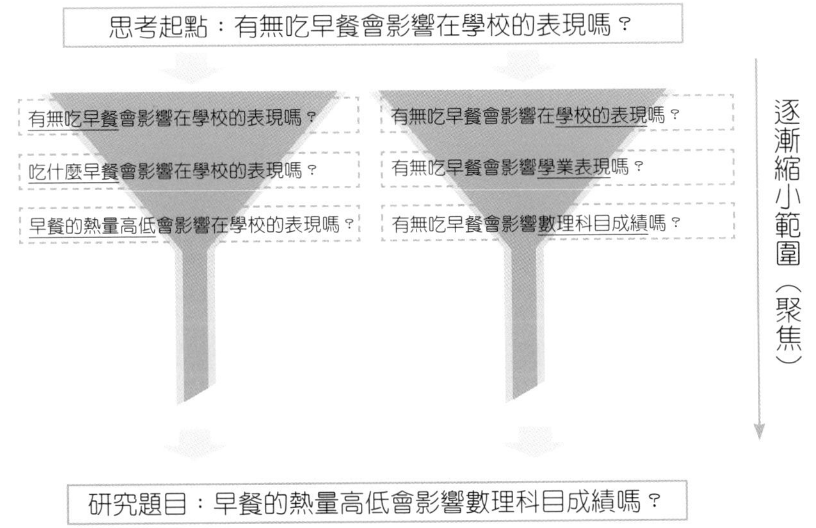

思考起點：有無吃早餐會影響在學校的表現嗎？

有無吃早餐會影響在學校的表現嗎？	有無吃早餐會影響在學校的表現嗎？
吃什麼早餐會影響在學校的表現嗎？	有無吃早餐會影響學業表現嗎？
早餐的熱量高低會影響在學校的表現嗎？	有無吃早餐會影響數理科目成績嗎？

逐漸縮小範圍（聚焦）

研究題目：早餐的熱量高低會影響數理科目成績嗎？

圖2-2 漏斗型的思考模式

一、對某一個現象或主題進行深度的探討。例如：「我國政黨政治之研究」、「馬爾薩斯人口論在環保之運用」、「射鵰三部曲登場人物之剖析」。[4]

二、對某些議題的現況進行調查。例如：「台灣人民對立法院運作之滿意度調查」、「高中生使用社群網路現況之分析」、「青少年對武俠小說態度之研究」。

三、進行某些比較或分析。例如：「美國與台灣政黨政治之比較」、「佛洛伊德與榮格的心理分析論之異同」、「華山派的

---

[4] 「射鵰三部曲」是金庸的三本故事情節彼此有關的經典小說，分別是《射鵰英雄傳》、《神鵰俠侶》和《倚天屠龍記》。你可以沒讀過《給少年社會科學家》，但是「射鵰三部曲」一定要讀過啊！

劍宗和氣宗武學之優劣分析」。[5]

　　類似上面這些研究題目，探討的雖然並不是變項間的關係，也可以是合宜的社會科學研究題目。儘管探討「變項關係式」和「單一主題式」的研究問題，似乎是兩種不同類型的題目，但是它們的原則和需要注意的事項和我們前面說過的都是一樣的：就是要想辦法讓使用的語言變得精確清晰。例如：「射鵰三部曲登場人物之剖析」這個研究題目就非常模糊；射鵰三部曲裡登場的人物有幾百個，你要分析誰？每個人都分析嗎？似乎不太可能，於是題目可以再限縮一些，例如：「『神鵰俠侶』登場人物之剖析」；這樣似乎好一些，但範圍還是太大了，再限縮成「神鵰俠侶『主要』登場人物之剖析」可能更好；於是那些只是出來跑跑龍套，或是登場不到三頁就掛掉的角色就不分析了。此外，「神鵰俠侶主要登場人物之『剖析』」是要剖析什麼？他們武功？長相？個性？家世背景？還是愛恨情仇？於是我們可以再限縮，例如：「神鵰俠侶主要登場人物的『愛情觀』之分析」；這個題目就清晰許多。你仔細看，這個思考過程仍然是使用我們前面提到的「漏斗型的思考」，從一個比較大的範圍出發，往下想，限縮範圍直到研究主題夠清晰。不論你是從事哪一類型的研究，這種思考模式都非常有助於形成可行的研究問題；例如：「我國政黨政治之研究」這題目太過模糊，「我國政黨政治之利弊分析」就清晰一些，「我國政黨體制對國會運作效

---

[5] 劍宗和氣宗出自金庸的《笑傲江湖》。這故事要從令狐沖遇見風清揚說起……算了，我們不應該在這裡破梗。這麼好的書，你應該自己讀。

率之利弊分析」又更加清晰。總而言之，清晰非常重要，只有在研究題目夠清晰時，才能往下作研究。

2.5 研究想法與文獻

目前為止，我們舉的例子都是你從生活中發現了某些感興趣的事情，因此產生了研究想法。有時你沒什麼靈感，生活中沒有什麼讓你靈光一閃的新鮮事，此時也可以考慮以讀文獻的方式來產生研究想法。

所謂「文獻」指的是過去研究的成果。例如：大家都說「人美真好，人醜吃草」、「人帥真好、人醜性騷擾」；過去研究的確發現人們會有「長得正就是好的刻板印象」（what-is-beautiful-is-good stereotype）。[6]人們通常會以為那些長得好看的人也具有一些比較正向的特質，他們應該比較善良、聰明、好相處、有自信等，這就是過去文獻的發現。根據這過去文獻的發現，我們可以延伸出很多研究問題，例如：「『長得正就是好的刻板印象』是真的嗎？長得好看的人『實際上』真的具備更多的正向特質嗎？」像這樣就是藉由過去文獻來產生研究問題。其實這問題有人研究過了，[7]結論是長得好看的人未必真的比較聰明，也沒有比較善良，

---

[6] Dion, K., Berscheid, E., & Walster, E. (1972). What is beautiful is good. *Journal of Personality and Social Psychology, 24*(3), 285-290.

[7] Feingold, A. (1992). Good-looking people are not what we think. *Psychological Bulletin, 111*(2), 304-341.

所以找男、女朋友時，內在美還是比外在美重要啊……什麼，你不想知道這些，堅持要和長得帥、長得正的人在一起？好吧！當我們沒說過，我們還是繼續往下談產生研究想法這件事。

　　從文獻產生想法的好處就是那句科學名言：「站在巨人的肩膀上。」從既有的基礎往下思考，不會腦海一片空白；未來真的寫論文時也可以參考現有的文獻和別人的寫法，比較有所依據。但是要從文獻出發去找到研究想法，對研究新手來說並不容易，一方面你不知道自己該看什麼文獻，另一方面文獻很紛雜，有值得參考的文獻，也有不值得參考的文獻，而目前你應該沒有這種判斷能力。就像那句股市名言所說的：「好的老師帶你上天堂、不好的老師帶你住套房。」（啊？這句我前面說過了嗎？）好的文獻對寫論文很有幫助，不好的文獻不但沒有幫助，還會誤導你，使得你事倍功半。

　　對研究新手而言，在能力範圍內能閱讀的文獻，大概有兩種：教科書和博、碩士論文。我們建議你先讀某一學科的入門教科書，從裡面找出你感興趣的研究主題。這種書的名字通常是「XX學」、「XX學概論」或「XX學導論」。例如：假如你對心理學感興趣，就找幾本《心理學概論》來閱讀；要注意是讀《心理學概論》，而不是《XX心理學》。因為坊間取名為「XX心理學」的書，裡面的知識有可能是真正的科學知識，也有可能只是為了譁眾取寵和增加銷售的聳動書名。例如：「愛情心理學」，你無法確定這種書是真的匯集了關於愛情的學術性研究，或只是寫些穿鑿附會的風花雪月文章。而「XX學概論」這類的書名則相對上非常安

全，一定只有無聊到爆的教科書才會取這種乏味的名字，可以很確定這是一本正式教材。因此，對研究新手而言，我們建議先從「XX學概論」這一類的書著手來產生研究題目。另外，這邊順道一提，你沒猜錯，本書的書名《給少年社會科學家》純粹是為了譁眾取寵和增加銷售的考慮。

　　教科書中關於某一個研究或理論的論述通常不會太多，因此它只能讓你初步找到可能感興趣的研究主題，沒有辦法讓你對這個主題有深入瞭解。如果你對某一個研究主題產生了興趣，需要對它有更多的瞭解，此時千萬不要想用Google去瞭解這個主題。網路的資料很豐富，但是它的缺點在於沒有設門檻，任何人都可以在上面發表文章，因此網路上所查詢到的資料，通常可信度很低。比較可行的方法是去看博碩士論文。從比較嚴格的角度來說，博碩士論文並不算真的很嚴謹的學術資料，只是研究生的練習作品，但至少它經過一定程度的把關才得以產生，所以比一般網路上的資料可靠很多。在本書的第三章中有教你如何使用博碩士論文資料庫來找尋文獻。閱讀好的博碩士論文中的「文獻探討」那一節，會讓你對某個研究主題有更深入的理解，有利於產生好的研究題目。

　　好了，現在你已經解開「如何產生論文題目」這個成就了。我們在此蓋牌，結束這一回合，[8]接下來將展開更華麗的冒險 —— 如何操作研究的各種技能！

---

[8]　《遊戲王》的經典台詞。

⌸ 本章摘述

1 社會科學研究的題目，有兩種主要的基本型式：(1)探討變項之間的關係，或是(2)針對某一主題進行深入分析。而不論是哪一種研究型式，重點都在於要以清晰精確的方式展現出所關注的研究問題。

2 科學的語言不等於日常語言，科學的語言是要以足夠清晰的方式來描述現象；因此要形成一個可行的研究想法，就是要想辦法把你所感興趣的現象，轉化為一種更清晰的形式。

3 具體的操作方式是：(1)先以簡單的句子寫出研究想法；(2)然後將這個句子寫得盡可能完整，不要省略當中的字詞；(3)最後辨識出這句子中的變項，或是你所關注的事物。

4 漏斗型的思考，指的是從一個本來可能範圍較大的概念或變項出發，一步步地往下逐漸限縮範圍，直到它越來越清晰，這有助於產生可行的研究題目。

5 閱讀過去文獻也有助於產生研究想法。具體的過程是：(1)先讀某一學科的入門教科書，找到自己感興趣的主題；(2)再讀和這主題相關的博碩士論文，讓自己對這主題更為理解。

附註： 科學小學堂 2-2 的答案

　　Ａ「認真的老師比較受學生喜歡。」、Ｂ「認真的老師比不認真的老師更受學生喜歡。」、Ｃ「老師的認真程度和受學生喜歡的程度之間有關係。」這三個句子各自有多少變項呢？其實這三個句子是在說一模一樣的變項關係，都是在描述「老師的認真程度」和「受學生喜歡的程度」這兩個變項之間的關係；所以三個句子寫法雖然不同，但都只有兩個變項在其中。只是以Ｂ和Ｃ的方式去書寫（不省略字詞），你比較有機會看出這兩個變項；而以Ａ（接近日常語言）的方式去書寫，則很不容易看出這兩個變項，這也是為什麼我們不斷地強調，你在書寫研究問題時要避免省略字詞的原因。你答對了嗎？

進階主題——你可以Google看看

▷ 牛頓被蘋果砸到
▷ 問題意識
▷ 科學史上重要的夢
▷ 搞笑諾貝爾獎

本章習作

1. 用 Google 搜尋「研究指出」這四個字，然後閱讀你感興趣的文章，並且試著找出那篇文章在探討哪些「變項」。

2. 用 Google 搜尋「研究指出」，找到一些你所關心的主題，利用本章所提供的三個步驟：(1) 先以簡單的句子寫出研究想法；(2) 然後將這個句子寫得盡可能完整，不要省略當中的字詞；(3) 最後辨識出這句子中的變項。看看能不能產生一個清晰的研究想法。

3. 利用本章所建議的漏斗型思考，針對「高中生使用社群網路現況之分析」這個研究主題，去產生一個更清晰可行的研究題目。

4. 利用本章所建議的漏斗型思考，針對「使用社群網路會讓人更正面嗎？」這個研究主題，去產生一個更清晰可行的研究題目。

Chapter 3

文獻的搜尋與使用

文獻的搜尋與使用

　　還記得我們在第一章時曾經說過，科學就像在蓋一座大宮殿，這座宮殿沒有辦法靠一個人完成，需要集眾人之力。如果你想鋪屋頂，得先有人把牆柱立好；如果你要蓋牆柱，得先有人把地基打好；如果你想打地基，得先有人把泥漿拌好。科學研究不是無中生有，而是在前人打造的基礎下進行的，站在巨人的肩膀上讓我們可以看得更遠。[1]或是，你也可以用本書序章中的比喻，將科學想像成一場尋寶的旅程。你並不是這世上第一個出海冒險的人，在你之前已經有許多冒險家了，他們熟悉每一道洋流、見過許多的島嶼、知道哪裡有暗礁，並且樂於將這些寶貴的經驗分享給你。就像武俠小說中總會有間客棧，英雄冒險故事裡不免有個酒館，那些冒險者們在這酒館中把酒言歡，訴說旅程中的所見所聞，交換不為人知的寶貴情報。在出發冒險前，你應該聽聽有經驗的人怎麼說；你可以看看他們去過哪些地方，那裡還留下什麼寶藏？哪個島上危機四伏有巨人看守？哪片海域波濤洶湧有暗礁漩渦？而哪裡又有著未知的航道，值得前去探險？這些情報非常可貴。對科學來說，這些前人所提供的情報，就是「文獻」；而那放滿文獻的客棧、酒館，就是

---

[1] 牛頓在給虎克的信中寫道：「……你在很多方面對其（指笛卡爾的光學）有更多補充……如果我能看得更遠的話，那也是因為站在你們這樣的巨人的肩膀上。」後來這句話成為名言。但有人認為這其實不是讚美，而是牛頓故意在諷刺虎克。因為他們一直不和，而虎克在光學的成就還稱不上巨人，且他是個身材矮小的人。

「資料庫」。文獻的使用對科學研究非常重要。這一章我們就來談談，如何使用資料庫找到你所需要的文獻。

3.1 文獻的重要性

科學是在對這個世界的現象提出解釋，但並不是只有科學在作這件事。當算命師說你命犯天煞孤星，注定一輩子拿好人卡、當工具人時；[2]或是星座專家說天秤女和雙子男很速配、巨蟹座和處女座不太合時，[3]他們也是在解釋這個世界的現象。那麼科學和星座、算命有什麼不同？如果都差不多，乾脆把這本書丟了，改讀《給少年星座專家》可能還比較有趣。但是，請等一下；現在放棄，比賽就結束了。[4]科學還是有和其它學問很不一樣的地方，那就是重視證據。科學非常重視證據，有幾分證據說幾分話，沒有證據就不能說話。而這些證據很大一部分指的就是前人的研究結果，

---

[2] 好人卡和工具人，均爲網路流行用語，指的是告白時被拒絕，或只是被心儀對象使喚而沒有交往機會的人。

[3] 這些星座組合爲本書作者亂掰的，請讀者千萬不要當眞。我們對科學很有自信，但對星座實在不太行。附帶一提，「天秤女和雙子男很速配」是本書作者顏志龍和其太太的星座，據說不這樣寫會有生命危險。

[4] 《灌籃高手》的名言。國中時是超級射手的三井壽，因傷自暴自棄而成爲不良少年。有一次他去找籃球隊麻煩，回想起以前比賽，球隊落後而球出界時，在場邊觀戰的湘北高中安西教練把球撿起，對他說：「現在放棄的話，比賽就結束了。」三井壽因此率領球隊逆轉。回想起這段往事後，三井壽哭著對安西教練說：「教練，我想打籃球。」後面這句話後來也同樣成爲《灌籃高手》的經典台詞。

也就是所謂「文獻」。沒有文獻的科學，不是科學；沒有文獻的科學，和星座、算命沒什麼兩樣。

舉例來說，如果本書的作者寫了一篇論文，裡面提到：

科學的精神在於以簡御繁，複雜的現象往往隱藏著簡單的法則，即使是被單的皺褶也能被數學公式所解釋。

你應該相信這段文字嗎？答案是不應該。因為這可能是我們為了唬弄你亂寫的，這裡面可能包含了主觀判斷，或是個人偏見。就算我們是博士又長得帥，講的話也不一定正確。但是，如果我們換個寫法：

科學的精神在於以簡御繁，複雜的現象往往隱藏著簡單的法則，即使是被單的皺褶也能被數學公式所解釋（Cerda, Ravi-Chandar, & Mahadevan, 2002）。[5]

這段話和前面一模一樣，只差在最後引用了文獻；這時候你可以比較安心地相信它了。因為這表示「即使是被單的皺褶也能被數學公式所解釋」這件事，不是作者自己隨便講的，這句話是有證據的。如果你不相信數學可以算出被單皺褶，可以去查閱這段話最

---

[5] Cerda, E., Ravi-Chandar, K., & Mahadevan, L. (2002). Wrinkling of an elastic sheet under tension. *Nature, 419*, 579-580.

後引用的那篇文獻，看看我們有沒有唬弄你，真相自然會大白。因此文獻很重要，它告訴所有人，你所寫的一切都是有憑有據，不是自己信口開河亂講的。這就展現了科學讓證據說話的重要精神。所以，某個程度來說，科學是很「性惡」的；科學不相信人，不管你來自哪個名校、有多高的學位、是不是得過諾貝爾獎，我們都不相信你講的話，只相信證據。我們之所以相信力學定律，是因為牛頓很有名嗎？不是，我們相信的是證據。我們之所以相信相對論，是因為那是愛因斯坦說的嗎？不是，我們相信的是證據。讓證據說話是科學最重要的特徵。

因此，如果你要作研究、寫論文，使用證據來說服別人很重要，而這些證據很大一部分就是過去的文獻。文獻之於科學家，就像六法全書之於律師和法官，是大家對話的基礎；要從事科學研究，你一定要學會如何搜尋文獻、使用文獻。

3.2 網路上的那些不是科學，是八卦

搜尋科學文獻和你以前上網找資料不太一樣。如果你想知道某個科學問題的正確答案，你會在馬路上隨便找一個路人，然後問他嗎？應該不會，因為你知道路人不是專家，他只是個買菜經過的

鄉民；[6]隨便相信一個路人給的科學答案是一件很荒謬的事。同樣地，你也不應該輕易相信那些網路上關於科學的訊息，它們多半是錯的。就像每當社會上有什麼爭議或案件，鍵盤柯南就會現身一樣；[7]網路上也充斥著鍵盤愛因斯坦——那些對科學只懂一些皮毛卻講得頭頭是道的鄉民網友們。

網路的特性是資訊很多，人人都可以在網路上發文，但是這些訊息多半沒有經過審查或驗證，因此常常有很多似是而非的謬誤。當你在網路上看到某些講得頭頭是道的科學知識時，作者很可能只是個一天到晚蹺課玩社團的大學生，或是某個語不驚人誓不休，想要藉此騙騙點擊率的記者。真正的專家，那些受過正規學術訓練的學者，是不太會把時間花在網路上寫文章的，他們寧可把時間拿來寫一些像《給少年社會科學家》這種能賺錢的書……啊！不是，是能帶給世人更多幫助的書，也不會把時間花在寫網路文章上。因此，你用搜尋引擎所找到的那些科學知識多半不可靠。你不能相信一般網路上的科學知識，也不能把這些知識當作你作研究寫論文的基礎。

6　「鄉民」一詞源自電影《九品芝麻官》中，八府巡按包龍星審理戚秦氏滅門案，當時廣東四大狀師之一方唐鏡說：「我是跟鄉民進來看熱鬧的，只不過是往前站了一點，我退後就是了！」此後，「鄉民」一詞便成了愛湊熱鬧、瞎起鬨的網友的代名詞了。

7　「鍵盤柯南」指的是網路鄉民常只靠媒體的片面報導，就對案情作出過度推論，甚至肉搜嫌犯，因此被其他鄉民酸為「鍵盤柯南」——在鍵盤上打字，就自以為能像《名偵探柯南》一樣破案的人。

總之，要從事科學研究，你不能再像以前寫課堂報告或交作業時一樣，上網胡亂Google一通了。你需要更專業的文獻搜尋能力。

3.3 搜尋博碩士論文

那麼，該如何搜尋文獻呢？文獻有很多種，這邊我們只介紹一種最適合初學者的文獻——博碩士論文。嚴格說來，博碩士論文只是研究生寫出來的東西，不能說是品質最好的文獻，但是它的取得非常容易，而且通常寫得很詳盡，再加上幾乎都是中文，因此很適合初學者。在小論文階段，使用博碩士論文作為主要文獻，應該是綽綽有餘。以下介紹它的使用及操作（關於更進階的學術文獻介紹，請見【科學小學堂3-1】）。

（一）註冊帳號

首先你去Google「博碩士論文」，會出現一個類似「臺灣博碩士論文知識加值系統」之類的網站。如果你點開發現是英文的界面，請稍微找一下，應該可以找到切換成中文界面的地方。然後註冊帳號，這帳號是免費的。以後你就可以在這間酒館（資料庫）蒐集冒險所需的情報（文獻）了。

（二）搜尋文獻

在網頁中有個搜尋欄，輸入你想要的文獻，例如：你想要搜尋和學習態度有關的文獻，就輸入「學習態度」四個字。然後在下方只勾「論文名稱」、「精準」、「電子全文」三個欄位，其他都不

要勾，接著按Search。如圖3-1。

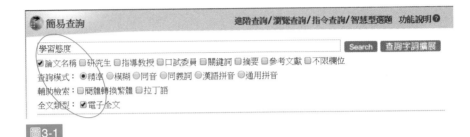

圖3-1

（三）獲得搜尋結果

此時你會得到搜尋結果。每筆文獻的下方都有「電子全文」的標示，其中有些後面有標示某個日期，有些則沒有標示任何日期（如圖3-2）。那些有標示日期的，表示論文還沒開放下載；而凡

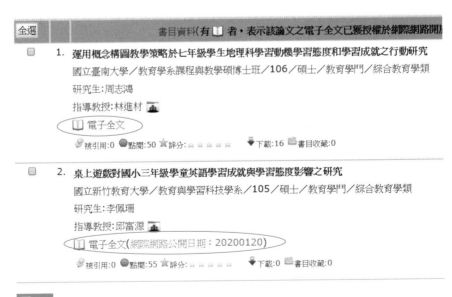

圖3-2

是沒有標示日期的，只要點擊「電子全文」四個字，輸入帳號密碼，就會進入下載頁面。

（四）取得論文

進入下載頁面後，點選「電子全文」那個標籤，就會看到可以下載電子全文的連結，點擊它就可以下載整本論文了。如圖3-3。

圖3-3

（五）其他支援軟體

附帶一提，下載後的論文，有時必須解壓縮才看得到論文檔，而且必須使用PDF閱讀器才能閱讀。博碩士論文網很貼心地提供使用者下載可能需要的軟體。在下載頁面的最下方，可以下載解壓縮軟體和PDF閱讀器，可視個人需求下載。如圖3-4。

下載清單如下：**為了避免檔案下載錯誤，請將滑鼠移至電子全文，開啟檔案。**

- 📷 下載電子全文

本電子全文承著作人授權，謹致謝忱

本電子全文僅授權使用者為學術研究之目的，進行個人非營利性質⋯
權法與相關法律之規定，切勿任意販賣營利、重製、散佈、抄襲、⋯
以免觸法。

本電子全文係 WinZip 壓縮檔，以提供離線閱覽為目的，相關內容⋯
參考。解壓縮後請以 Adobe PDF Viewer 等軟體閱讀。讀者如欲⋯
紙本論文。

📷 下載7-zip 解壓縮軟體
📷 下載Adobe Pdf Reader

關閉視窗

圖3-4

科學小學堂 3-1

期刊論文

　　你知道有研究指出，《給少年社會科學家》確實能有效地提升高中生的論文寫作能力嗎？這個研究抽樣了全國22所高中，共634位高中生，這些學生都曾參加教育部小論文比賽，研究者比較了有讀和沒有讀這本書的人在小論文比賽中的

表現。結果發現，有讀《給少年社會科學家》的人，論文獲選為「特優」的人數，是沒有讀的人的三倍……啊？你不知道有這個研究嗎？那很正常，因為這看起來煞有其事的研究是我們瞎掰的。但是從這個例子中你可以知道，發表不實或錯誤的科學研究，是件糟糕的事，它會誤導我們的想法。當文獻有問題時，不只會阻礙科學的進步，更可能會造成一些很實質的傷害。例如：一個明明無效的藥，研究者卻宣稱有效，因此延誤了病人的醫療；一個其實有害的教育政策，研究者卻宣稱有利，於是所有學生受害。

因此，論文是不能隨便發表的。我們在【科學小學堂1-3】中曾經提過，研究成果要公開發表之前，必須經過其他科學家的審核，要有人嚴格地去檢視這個研究是否合理？方法有沒有問題？研究發現是否可靠？然後才能刊登出來。這些經過審查的論文會刊登在一種稱為「期刊」的科學雜誌上。所謂期刊，指的是定期刊物的意思，就像愛棒球的人有職棒雜誌，愛動漫的人有動漫雜誌，愛八卦的人有八卦週刊；「期刊」對科學家來說很重要，一方面是因為上面記載了各種最新的研究成果，二方面則是因為期刊上的研究成果都是經過審查的，比較可以信賴，就像農產品貼上了CAS標章一樣讓人吃了安心。因此，期刊上的論文才是從事科學研究的正式文獻來源。由於目前你可能還沒有能力閱讀期刊論文，所以我們推薦你先從博碩士論文讀起。博碩士論文比不上真正的期刊論文，但是經過一定程度的把關，所以還算可以信賴。

附帶一提，期刊的種類非常多，光是社會科學的期刊，加起來可能就高達數千種。雖然期刊也有中文的，但由於英文是國際語言，因此大部分重要的科學期刊都使用英文，所以全球各地的科學家們，讀的論文也幾乎都是英文的論文。如果未來你想要從事真正的科學研究，英文閱讀是一定要具備的能力喔。

3.4 論文搜尋的技巧

　　以上介紹了論文搜尋的基本方式。接下來我們來談談，在搜尋過程中你可能遇到的困難，以及如何解決這些困難。

　　第一個常見的問題是論文太多。例如：如果你用上面說的「學習態度」四個字去搜尋，會發現可能有超過一千篇論文；你不可能閱讀一千篇論文。這邊有一個重要的觀念，你並不是要找到很多論文，而是要找到好的論文。此時你可以考慮用以下方式去篩選論文：(1)挑選比較新的論文來閱讀；博碩士論文網的搜尋結果是依時間去排序的，因此越前面的論文越新、越後面的論文越舊。(2)找那些你印象中厲害的學校的論文，像是霍格華茲學院、變種人學校[8]……算了，這不可能找到，找像是台大、政大、成大等，反正就是世俗中人所謂的好學校的論文。(3)你也可以合併多個條件來降低搜尋到的論文篇數；而這必須使用到進階搜尋的功能。在網頁中有一個「進階查詢」（如圖3-5），點擊它。你會看到更多搜尋選項；你可以合併某些關鍵字作搜尋，例如：同時使用「學習態度」和「外向」這兩個關鍵字（如圖3-6），論文篇數會下降不少。此外，圖3-6右邊有三個欄位呈現「不限欄位」的狀態，你也可以在這邊作更多設定，例如：限定關鍵字必須出現在論文標題、學校只能是台灣大學等（請務必用全稱，不要用「台大」這種

---

[8] 霍格華茲學院為《哈利波特》中的魔法學院，變種人學校則是電影《X戰警》中收留變種人的學校。

簡稱），以此類推。使用進階搜尋時也同樣記得在下方的「電子全文」打勾。實際操作一次，你就能知道如何使用這些進階功能，來讓文獻搜尋更有效率了。

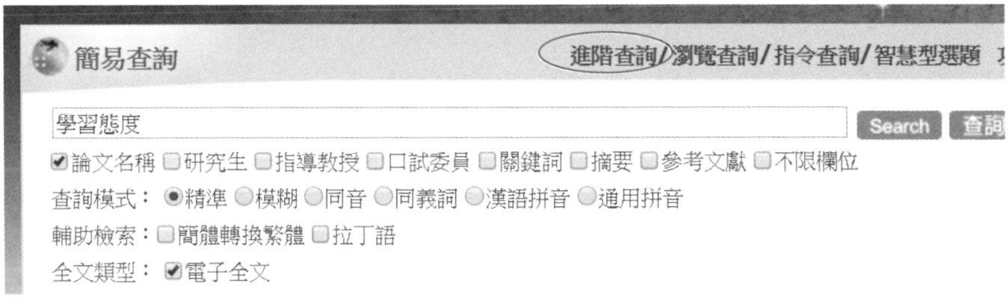

簡易查詢　　　　　　　　　　　　進階查詢/瀏覽查詢/指令查詢/智慧型選題

學習態度　　　　　　　　　　　　　　　　Search　查詢
☑論文名稱 ☐研究生 ☐指導教授 ☐口試委員 ☐關鍵詞 ☐摘要 ☐參考文獻 ☐不限欄位
查詢模式： ◉精準 ◯模糊 ◯同音 ◯同義詞 ◯漢語拼音 ◯通用拼音
輔助檢索：☐簡體轉換繁體 ☐拉丁語
全文類型： ☑電子全文

圖3-5

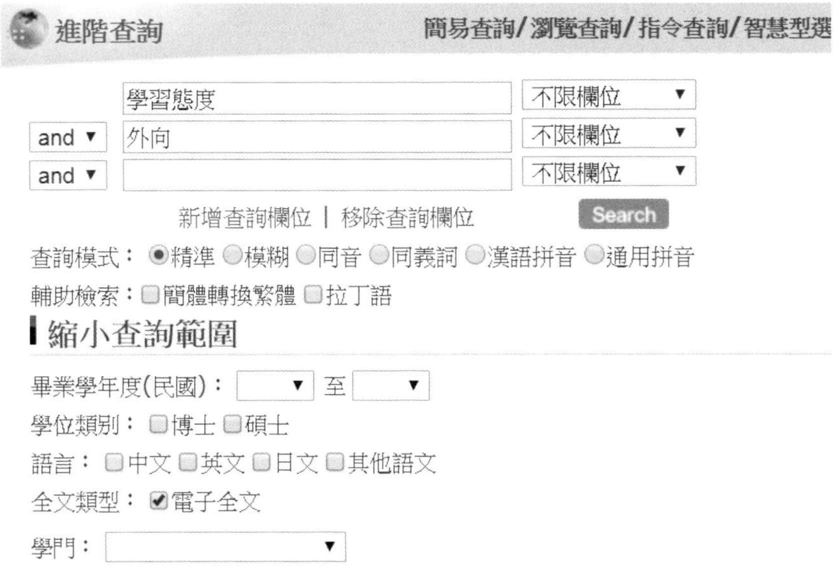

進階查詢　　　　　　　　　　簡易查詢/瀏覽查詢/指令查詢/智慧型選

	學習態度	不限欄位 ▼
and ▼	外向	不限欄位 ▼
and ▼		不限欄位 ▼

新增查詢欄位 ｜ 移除查詢欄位　　　Search
查詢模式： ◉精準 ◯模糊 ◯同音 ◯同義詞 ◯漢語拼音 ◯通用拼音
輔助檢索：☐簡體轉換繁體 ☐拉丁語

▌縮小查詢範圍

畢業學年度(民國)：　　▼ 至 　　▼
學位類別： ☐博士 ☐碩士
語言： ☐中文 ☐英文 ☐日文 ☐其他語文
全文類型： ☑電子全文
學門：　　　　　　　　▼

圖3-6

　　搜尋文獻可能遇到的另一種困難，是論文太少，甚至一篇都沒有。通常這種情況都是因為你輸入的關鍵字不對。有時候是因為你用了一個太過特定、狹隘的詞，例如：如果你用「高中生學習態度」搜尋可能就找不到什麼論文，這時候你應該考慮用圖3-6的方式，把「高中生」和「學習態度」兩個詞分在不同欄位，而不是直接使用「高中生學習態度」這樣特定的詞。此外，找不到論文也可能和你用了太過口語的詞有關。例如：你用「家庭觀」可能不容易找到適合的論文，因為這是一個很口語的詞，學術論文中比較少用這樣的詞；用「家庭價值觀」才比較能找到所需要的論文。至於怎麼樣的詞算是太過口語？怎麼樣的詞在研究中常用？你可以多和指導老師討論。

3.5 閱讀論文

　　搜尋到論文後要開始閱讀，但是要讀什麼呢？首先你翻開第一頁，如果沒有看到「欲練神功，引刀自宮」八個字，[9]就可以放心往下讀。我們建議你主要讀論文的前半部，也就是「緒論」（有的論文是用「研究動機與目的」這標題）和「文獻探討」的部分；如果你沒看到這兩個大標題，就讀研究方法那個章節「之前」的部分。博碩士論文中的「緒論」和「文獻探討」，通常會對研究的主題作仔細的論述，這對你瞭解一個研究議題，乃至於未來寫論文都

---

[9]　「欲練神功，引刀自宮」是《葵花寶典》第一頁中對讀者的友善提醒。至於什麼是葵花寶典？何謂自宮？這故事很精采，有空請問問 Google 大神。

會很有幫助。這也是我們為什麼建議初學者先以博碩士論文作為主要文獻來源的原因。

3.6 寫論文時引用別人的文獻

我們一直強調，科學是建立在前人的基礎上，而且科學是強調證據的，不能空口說白話；所以在寫論文時，你必須適時地使用過去的文獻，來增強你論文的說服力，這稱之為「引用」別人的論文。在寫論文時，引用的方式有兩種：

引用方式一：[10]

> 青山剛昌（1996）認為一個好的偵探，應該要抱持真相只有一個的信念；天樹征丸（1992）則認為好的偵探，要有不惜以爺爺的名義發誓的破案決心。

引用方式二：

> 一個好的偵探，應該要抱持真相只有一個的信念（青山剛昌，1996），以及不惜以爺爺的名義發誓的破案決心（天樹征丸，1992）。

---

[10] 青山剛昌是《名偵探柯南》的作者，天樹征丸則是《金田一少年殺人事件簿》的作者。

上面的阿拉伯數字是論文出版的年代。可以看出來，引用別人文獻時，可以是文獻的作者和年代放在引述的話前面，如「青山剛昌（1996）認為一個好的偵探，應該要抱持真相只有一個的信念」；也可以是先引述之後，把作者和年代放在後面括弧中，如「一個好的偵探，應該要抱持真相只有一個的信念（青山剛昌，1996）」。兩種引用方式並沒有特定的使用時機，你在論文中可以隨時交替使用，只要論文讀起來流暢即可。

3.7 在論文最後列出引用文獻

如果在寫論文時你引用了某些文獻，就必須在論文的最後把那些文獻的詳細資料列出來，例如：它的出處、出版社等，讓有興趣的讀者可以找到它們。以上面的例子來說，由於我們在論文中引用了天樹征丸和青山剛昌等兩篇文獻，因此在論文的最後，我們必須列出它們的詳細資訊如下：

（論文全部寫完後）

引註資料

天樹征丸（1992）。**金田一少年殺人事件簿**。日本：講談社。

青山剛昌（1996）。**名偵探柯南**。日本：小學館。

類似上面那樣。而列出文獻列表是有格式規範的，不能隨便自己亂寫。這些格式規範請你Google「中學生網站引註資料寫作格式範例」，依範例來作。尤其如果你要參加小論文比賽或任何論文

競賽，請務必按照比賽規定的格式來作，否則會被扣分。

3.8 要小心抄襲

最後我們來談談抄襲這件事。我們之前一直在談「引用」文獻，這邊有一個非常重要的觀念，引用不是剪貼、引用不是剪貼、引用不是剪貼。引用指的是我們讀了文獻之後，把別人的研究發現或觀點「用自己的話寫出來」。例如：你在本書中看了這段話：

科學的精神在於以簡御繁，複雜的現象往往隱藏著簡單的法則……

你覺得寫得不錯，想要引用它，那麼你不能一字不漏的抄，例如：

（錯誤的引用——抄襲，因為使用了和別人一模一樣的文字）
鄭中平、顏志龍（2018）認為科學的精神在於以簡御繁，複雜的現象往往隱藏著簡單的法則……

這是抄襲。為什麼呢？因為雖然你有註明這是別人講的，但是你使用了一模一樣的文字。使用了一模一樣的文字就是抄襲，這是論文寫作的規定，不能違反。那如何才算正確引用呢？你要把別人的觀點，用自己的話寫出來，例如：

（正確的引用——將別人的觀點以自己的話寫出來）

鄭中平、顏志龍（2018）認為科學的核心概念，是希望能找到簡單的規則來解釋複雜的現象……

上面這段話的意思和鄭中平、顏志龍講的差不多，但文字不同，這才是正確的引用。因此，論文寫作，是根據過去文獻寫出自己的想法，不是在剪貼、拼湊別人的論文。一定要注意抄襲的問題。正所謂「平生不識陳近南，便稱英雄也枉然」，[11]一本論文若抄襲、付出再多也不可取。

//////////////////////// 📑 **本章摘述** ////////////////////////

1 科學非常重視證據，有幾分證據說幾分話。而這些證據很大一部分指的是前人的研究結果，也就是所謂「文獻」。因此文獻很重要。

2 以一般的網路搜尋方式所找到的文獻是不可靠的，必須使用學術資料庫。

3 博碩士論文取得容易，也具有一定的品質，很適合初學者作為文獻來源。

---

[11] 「平生不識陳近南，便稱英雄也枉然」是《鹿鼎記》中的一句名言，這本小說的主角可能是武俠小說史上武功最爛的一個。至於陳近南，歷史上真有其人，而且還在台灣活過大半輩子，你知道他是誰嗎？

4 當搜尋出來的文獻太多時，可以考慮：(1)挑選比較新的論文；(2)找世俗中人所謂的好學校的論文；(3)使用進階搜尋的功能，來篩選論文。

5 當搜尋出來的文獻太少時，通常是使用的關鍵字有問題；如太過特定，或太過口語化。

6 下載論文後要閱讀「緒論」和「文獻探討」的部分，這對瞭解一個研究議題及寫論文會很有幫助。

7 引用文獻要注意格式問題，而且引用不是剪貼，要避免抄襲。

進階主題—— 你可以Google看看

▷ TSSCI
▷ Google 學術搜尋引擎
▷ Nature 期刊、Science 期刊
▷ 影響係數
▷ 論文抄襲檢查軟體
▷ 論文抄襲事件

本章習作

1. 請利用本章所教授的文獻搜尋技巧，進入博碩士論文網站，輸入「愛情」兩個字，然後看看有多少篇論文。

2. 承上，想辦法找出好的論文，試著運用本章所教導的方法，讓論文篇數減少到三十篇以內。

3. 承上，找出你覺得最好的三篇論文，閱讀它們的緒論（或研究動機與目的）和文獻探討，並試著整理關於愛情的研究，寫成一頁 A4 的短文。要引用文獻，並且使用本文中所說的正確引用方式。

4. 承上，根據「中學生網站引註資料寫作格式範例」，在你寫完的論文後面，列出參考文獻列表。

Chapter 4

研究設計

研究設計

　　1967年時心理學家米格蘭提出了一個問題：「兩個完全不認識的陌生人之間，到底隔著幾層關係？」於是他寄出多封郵件，[1]郵件本來是要寄給米格蘭的一個朋友，我們在這邊稱米格蘭的這位朋友為阿狗。米格蘭刻意將這些郵件隨機寄錯給不同的人，這些人都不認識阿狗，郵件上只有阿狗的名字和大約的位置。米格蘭要求錯收郵件的人，將郵件轉寄給一個他們認為可能認識阿狗的人。然後米格蘭去分析，這些郵件要經過幾次轉手，才能傳到阿狗的手上。答案是，平均經過了六次轉手；也就是說，兩個不認識的人之間，平均隔了六層關係，這就是著名的「六度分離」。在這個過程中，米格蘭的過人之處，就在於用了一種有趣的研究設計，來回答他所關注的問題。這一章我們就要來談如何進行研究設計。附帶一提，你可能不認識林志玲或金城武，但是你朋友的朋友的朋友的朋友的朋友的朋友應該認識他們，快把你朋友的朋友的朋友的朋友的朋友的朋友找出來！

4.1 設計什麼？

　　你聽過「室內設計」，就是規劃房子的空間如何配置、室內應該如何裝潢；也聽過「服裝設計」，就是決定布料、顏色，並且

---

[1] Milgram, S. (1967). The small world problem. *Psychology Today*, *1*(1), 61-67.

構思衣服的樣式；那麼「研究設計」呢？什麼是「研究設計」？是要設計什麼？簡單來說，研究設計就是要規劃「研究中的每個變項如何測量或操弄」。例如：如果你的研究是要探討「『外貌好看程度』和『善良程度』之間的關係」，那麼研究設計就是要去規劃如何測量或操弄「外貌好看程度」和「善良程度」這兩個變項。如果你的研究是要探討「『早餐熱量高低』和『數理科目表現程度』的關係」，那麼你就要去規劃如何測量或操弄「早餐熱量高低」和「數理科目表現程度」這兩個變項。這就是研究設計。

因此，研究設計的基礎，還是第二章談到的「變項」。你要很清晰地知道自己的研究在意哪些變項，然後思考用什麼方式去蒐集到這些變項的資料。如果你不清楚什麼是變項，請務必回頭複習一下【科學小學堂2-2】。

4.2 兩種基礎的研究設計：「調查研究」與「實驗研究」

簡要來說，我們可以把社會科學的研究設計分成兩大類：調查研究和實驗研究，我們以「『玩暴力電玩頻率』和『表現暴力行為程度』的關係」來說明這兩種研究設計。

這邊你要先認識兩個和研究設計有關的名詞，我們才好往下講。當我們說某一個變項造成了另一個變項變化時，此時被當作原

因的那個變項，叫作「自變項」，而產生結果的那個變項叫作「依變項」，[2]例如：玩暴力電玩頻率對表現暴力行為程度的影響，這裡面玩暴力電玩頻率是「自變項」，表現暴力行為程度是「依變項」。如圖4-1。

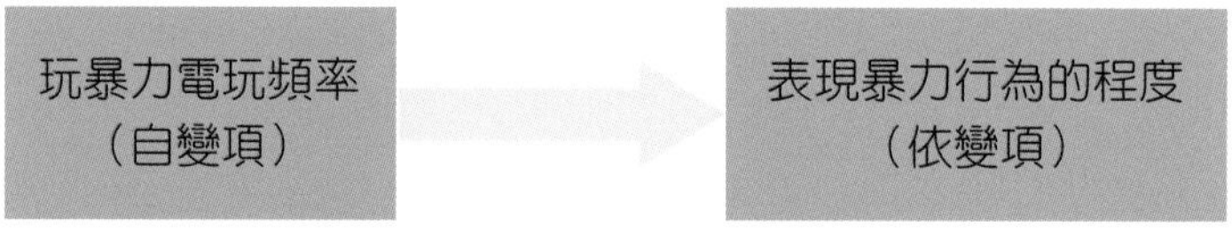

| 玩暴力電玩頻率（自變項） | ⟹ | 表現暴力行為的程度（依變項） |

圖4-1　「自變項」與「依變項」

　　當我們想要研究圖4-1中的兩個變項的關係時，最簡單的研究設計，就是測量這兩個變項；例如：我們直接問受測者，他平均每天玩多少時間的暴力電玩（測量自變項），同時也測量他表現出暴力行為的程度有多高（測量依變項）；然後去分析，玩暴力電玩時間多寡和暴力行為的程度，兩者之間是不是有關聯。像這樣，我們是直接去「測量」自變項，也「測量」依變項，這種所有變項都用測量的研究，就是「調查研究」。[3]

---

[2]　「自變項」（independent variable），也有人翻譯作「獨變項」，有些國高中教科書翻譯作「操縱變因」。「依變項」（dependent variable），有些國高中教科書翻譯作「因變變因」。

[3]　有些人並不贊成在調查研究中用「自變項」、「依變項」這些詞，認為這些詞只能用於實驗研究。不過本書為了便於你進行比較和理解，並沒有作這樣嚴格的區分。為了賺錢……啊！不是，是為了避免你在這階段被太多名詞迷惑，我們已經作好被科學界唾棄的心理準備了。

　　但是測量並不是完成這個研究的唯一方式，除了測量之外，你
也可以用「操弄」的方式去作這個研究。你把人分成兩組，其中一
組人讓他們玩10個小時的暴力電玩，另一組人只玩1小時的暴力電
玩，這種把人分組的作法，在科學中稱之為「操弄」，也就是你先
操弄了玩暴力電玩的頻率（操弄自變項），然後測量這兩組人表現
出暴力行為的程度（測量依變項）；看看玩10小時和1小時電玩的
人，在依變項上的表現是否有不同。在這個例子中，你的自變項是
用「操弄」的、依變項是用測量的，這種研究就是「實驗研究」。
調查研究和實驗研究的差異可以用圖4-2表達。

研究 A （調查研究）

自變項：玩暴力電玩頻率 方式：**測量** 用問卷或任何工具，記錄 受測者玩暴力電玩頻率。	⟷	依變項：表現暴力行為程度 方式：**測量** 用問卷或任何工具，記錄受 測者表現暴力行為程度。

研究 B （實驗研究）

自變項：玩暴力電玩頻率 方式：**操弄** 讓一組人處於「玩暴力電玩頻 率高」的情境，另一組人處 於「玩暴力電玩頻率低」的情 境。	⟷	依變項：表現暴力行為程度 方式：**測量** 用問卷或任何工具，記錄受測者 表現暴力行為程度。

圖4-2 　「調查研究」與「實驗研究」之比較

　　在圖4-2中，研究A的自變項和依變項都是用測量的，這是調查研究；研究B則是自變項用操弄的、依變項用測量的，這是實驗研究。「測量」和「操弄」的一個很大的差別，在於受測者是否自己選擇了他在變項上的表現，當受測者在某一變項上的表現是他自己選擇時，就是「測量」，而如果受測者在某一變項上的表現不是他自己選擇的，是你幫他選擇的，就是「操弄」。例如：研究A，某一個受測者玩暴力電玩頻率高，是他自己選擇的結果，還是你幫他選擇的結果？是他自己選擇的結果；是他自己平常花很多時間去玩射擊爆頭、砍砍殺殺的遊戲，不是你叫他這樣作的，你只是把他玩暴力電玩的頻率測量出來而已，這就是「測量」。但是研究B，某一個受測者玩暴力電玩頻率高或低，是他自己選擇的結果，還是你幫他選擇的？是你幫他選擇的結果；因為你把受測者分成兩組，一組人讓他們玩10個小時的暴力電玩，另一組人則只讓他們玩1小時的暴力電玩，是你決定了他們玩暴力電玩頻率的高低，這就是「操弄」。因此，實驗研究與調查研究的差別，在於你有沒有幫受測者選擇他在自變項上的表現，也就是你在研究中有沒有「操弄」自變項；如果有，就是實驗研究；反之，若受測者在所有變項上的表現都是他自主的結果，你只是用問卷或某些工具測量他的表現而已，這種研究就是調查研究。摘要來說就是像這樣：

　　調查研究：自變項（測量）、依變項（測量）
　　實驗研究：自變項（操弄）、依變項（測量）

4.3 測量與操弄

從上面的說明可以知道，實驗研究和調查研究的差別在於，所有變項都用測量的（這是調查研究），或是自變項用操弄的、依變項用測量的（這是實驗研究）。

如果你作的是調查研究，由於所有變項都是用測量的，所以研究設計的目的就是要為每個變項找到測量工具。關於如何為變項找到合適的測量工具，在第五章中會有詳細說明。如果你作的是實驗研究，由於自變項是操弄的、依變項是測量的，所以研究設計的目的就是要為依變項找到測量工具（同樣可以用第五章的方式）。此外，還要設計出操弄自變項的方法。要找到測量工具很簡單，但是實驗研究中的「操弄」自變項到底是什麼意思？

在暴力電玩研究中，如果把人分成兩組，其中一組人讓他們玩10個小時的暴力電玩，另一組人只玩1小時的暴力電玩，此時你「操弄」了玩暴力電玩頻率這個自變項。你可以發現，所謂「操弄」其實就是把人作分組，然後讓不同組的人處於不同的實驗情境中（例如：玩10小時 vs. 玩1小時暴力電玩）。然而重點來了，實驗研究的分組不是任意亂分的，而是依照「隨機程序」而分的；例如：如果你有三十個受測者，你可以作三十張籤，其中十五張是○、十五張是Ｘ。接下來請受測者抽籤，抽到○的人玩10小時電玩、抽到Ｘ的人玩1小時電玩，這就是隨機分組。隨機分組很重要！隨機分組很重要！隨機分組很重要！隨機分組正是實驗研究和

調查研究最大的不同。具體來說，實驗研究和調查研究真正的差別如下：

　　調查研究：自變項（測量）、依變項（測量）
　　實驗研究：自變項（操弄：將受測者隨機分組）、依變項（測量）

　　那麼，「調查研究」和「實驗研究」不過就是兩個名字，有那麼嚴重嗎？在研究設計時使用測量或操弄有那麼大的差別嗎？真的差很多。調查研究或實驗研究絕不只是像「機器貓小叮噹」改成「哆啦A夢」那樣，[4]名字不同而已；而是像「毛利小五郎」變身成「沉睡小五郎」一樣，[5]差兩個字推理能力大不相同啊！「調查研究」和「實驗研究」在解釋研究結果時有很大的差別。為什麼呢？究竟這兩種研究設計背後有多少命運的安排、情感的糾結，或是另有什麼隱情，讓我們繼續看下去。[6]

---

[4] 《哆啦A夢》本來在不同國家有不同譯名，作者藤子・F・不二雄生前的願望就是希望把它統一命名，於是在他過逝後，這部動漫就由出版社統一命名為日文發音的 Doraemon 了。附帶一提，藤子不二雄是兩位日本漫畫家共用的筆名，他們一起創作出很多經典的作品，後來兩人拆夥，分別以「藤子・F・不二雄」和「藤子不二雄Ⓐ」的名字繼續發表作品。《給少年社會科學家》的兩位作者目前還沒有拆夥，不過如果有一天你發現我們一個人改名叫「顏・F・志龍」，另一個叫「鄭中平Ⓐ」就表示兩位作者終於翻臉了。

[5] 《名偵探柯南》的經典橋段。

[6] 改編自 1997 年開播的類戲劇《藍色蜘蛛網》中，主講人盛竹如的經典台詞……啊？1997 年你還沒出生嗎？算了，當我沒說。

4.4 有「關聯」不代表有「因果」

「調查研究」和「實驗研究」最大的差別，在於研究結果推論因果關係的能力。科學很在意因果關係。所謂因果關係就是「某個變項X的變動，造成了另一個變項Y的變動」；像是風吹「導致」樹在動；地心引力「造成」蘋果往下掉；長得正「使得」人緣更好，這些都是在談因果關係 —— 某一個變項是造成另一變項變化的原因。科學的一個重要目的是要確立因果關係。我們還是以「玩暴力電玩頻率和表現暴力行為程度的關係」為例，來說明這件事。當我們作完研究後發現，那些常玩暴力電玩的人，暴力行為程度也較高；較少玩暴力電玩的人，暴力行為程度也較低。此時有兩種可能解釋，我們可以說：玩暴力電玩頻率和暴力行為程度之間「有關聯」（X和Y有關聯，但未必是誰影響誰 —— 沒有因果關係）；也可以說：玩暴力電玩頻率「導致」了暴力行為程度（X導致了Y —— 有因果關係）。這兩個答案，你喜歡哪一個呢？通常是後面那個，因為因果關係說明了事情的前因後果（X導致了Y），比起只是探討關聯（X和Y有關聯）提供了更為明確的訊息，因此科學通常希望研究結果能夠說明因果關係。這就像，你不會只想知道「爸爸和我之間有某種關係」（X和Y有關聯），而是會希望明確地知道「是爸爸生了我……不是隔壁老王」（X導致了Y）。

在暴力電玩和暴力行為的研究中，如果你作的是調查研究，那麼通常你的研究結果只能說明暴力電玩和暴力行為「有關聯」，比較不能說兩者有因果關係；如果你作的是實驗研究，才比較能說明

兩者有因果關係。這是因為要證明因果關係，有幾個重要條件，而要達成這些條件很不容易（關於因果關係成立的條件，請見【科學小學堂4-1】）。在研究設計中，實驗研究比較能達成這些條件，調查研究通常比較難；而實驗研究之所以可以推論因果關係，靠的就是隨機分組的方式。至於為何隨機分組可以讓我們推論因果，請見【科學小學堂4-2】。

 科學小學堂 4-1

因果推論的三個條件

十九世紀哲學家米勒（John Stuart Mill）提出了可以用來檢驗因果推論的三個條件。當我們說X、Y之間有因果關係，也就是X導致了Y時，需要滿足三個條件：(1)時序：X發生在Y之前。(2)共變：當X變動，Y也一起變動。(3)非虛假性：X和Y之間的關係，無法由其它干擾變項解釋。

舉例來說，假設有人說「冰淇淋融化（X）使中暑的人增加（Y）」，於是我們用上面的三個條件來分析這件事：(1)是冰淇淋先融化，中暑的人才增加的；因此，「時序」條件符合。(2)當冰淇淋融化，中暑的人就增加；因此，「共變」條件也符合。(3)如果考慮氣溫，例如：天氣沒那麼熱時，即使冰淇淋融化，中暑的人也不會增加，因此冰淇淋融化和中暑之間的關係可以被氣溫所解釋；「非虛假性」條件就不符合了。

此時我們不能說冰淇淋融化和中暑之間有因果關係。

　　假如有人說「氣溫變高（X）使中暑的人增加（Y）」，我們同樣去分析：(1)是氣溫先上升，中暑的人才增加的；因此，「時序」條件符合。(2)當氣溫上升，中暑的人就增加；因此，「共變」條件也符合。(3)就算考慮冰淇淋融化，例如：當氣溫上升時，不管冰淇淋融不融化，中暑的人都會增加；也就是氣溫和中暑之間的關係，不會受到冰淇淋融化與否的影響；因此，「非虛假性」條件也符合了。此時，我們就比較有把握說氣溫和中暑之間有因果關係。

　　因此，「時序」、「共變」、「非虛假性」三個條件，可以讓我們檢驗兩件事之間是否有因果關係。然而，其中的「非虛假性」條件要達成很困難，因為X和Y之間的關係，必須無法由其它變項解釋，而這其它變項很多；在上面的例子中我們只檢查冰淇淋融化這個干擾變項，如何確定氣溫和中暑之間的關係，不受「任何」其它變項干擾？調查研究之所以不容易確定因果關係，就是因為即便你測量了兩個變項，並且發現它們之間有關係，也無法確知這個關係有沒有受到別的變項的影響。然而，實驗設計則是用了隨機分組去排除所有干擾變項，來增加因果推論的可能性。至於為什麼隨機分組讓我們有機會可以排除所有的干擾變項？請進一步看看【科學小學堂4-2】。

科學小學堂 4-2

隨機分組與因果推論

當作完研究，想對研究結果進行因果推論時，我們最擔心的是有干擾變項影響了我們的解釋。例如：我們發現了玩暴力電玩和暴力行為間有關係，可是我們也知道男生比女生更常玩暴力電玩，也就是「常玩暴力電玩＝男生多」、「少玩暴力電玩＝女生多」，此時我們如何知道影響暴力行為的，是暴力電玩還是性別呢？

實驗研究就是利用隨機分組的方式，來克服這個問題。我們把受測者隨機分成兩組，一組玩10小時電玩、另一組只玩1小時；由於這兩組人是利用隨機的方式去分組，兩組人在性別比例上應該會很相似。就像丟硬幣，丟三十個硬幣，出現正、反面的數目會很接近，不太可能大部分都是正面或大部分都是反面。因為分組是隨機的，沒有理由比較多男生被分去玩10小時暴力電玩，比較多女生被分去玩1小時電玩；因此，兩組人在性別比例上會是差不多的。同樣地，由於分組是隨機的，兩組人在很多其它變項上，例如：攻擊性格、喜歡的電玩類型等，所有我們擔心可能影響暴力行為表現的變項，也應該很接近，以此類推。由於兩組人在各種干擾變項上很一致，只有在我們操弄的自變項（玩10小時 vs. 1小時暴力電玩）上不同，於是影響暴力行為的，只有可能是玩暴力電玩頻率。這就像，如果你用了兩種肥料種菜，每天澆一樣多的水、施不同的

肥，在試過「澆水＋肥料A」和「澆水＋肥料B」之後，你發現
「澆水＋肥料A」的菜產量比較多；你不會說是澆水造成菜產
量的差異，因為兩邊都澆一樣的水啊；你會說是肥料造成菜產
量的差異。同樣地，隨機分組後兩組人的性別比例（以及其它
干擾變項）都是相同的，只有玩暴力電玩的頻率不同，當發現
兩組人在暴力行為程度上有差異時，你不能說是性別造成暴力
行為，因為兩組內都有男有女，兩組人唯一不同的是玩10小
時或1小時暴力電玩；於是只能說「玩暴力電玩頻率造成了暴
力行為程度的不同。」這樣就證明了因果關係。因此，雖然要
排除各種干擾變項，確立兩個變項間的因果關係，想像上似乎
很難，但是解決的方法卻超乎簡單——利用隨機分組。這就是
科學的優雅。還記得我們在第一章提到的科學核心精神：「以
簡御繁」嗎？隱藏在複雜問題背後的，往往不是一個複雜的答
案，而是一個比你想像簡潔的答案。就像牛頓沒有用幾百條公
式來解釋這個森羅萬象的世界，他只用了三條。

4.6 具體的研究設計操作

那麼，在實際操作上我該如何進行研究設計呢？這大概可區分
以下幾個步驟：

（一）如果你的研究是實徵研究，才需要研究設計，非實徵研究不
　　　需要研究設計。至於什麼是實徵或非實徵研究，請看本書第

一章，1.3節。

（二）如果你是實徵研究，先弄清楚你的研究包含幾個變項：

　　1. 如果只有一個變項，例如：想調查「高中生平均讀書時間」（只有「讀書時間」一個變項），就一定是調查研究。

　　2. 如果你有兩個以上變項，但是並沒有打算探討它們之間的關係，也一定是調查研究。例如：想調查「高中生平均讀書時間和平均成績」（有兩個變項），但你只想分別探討「高中生平均讀書時間」和「高中生平均成績」，不打算探討讀書時間和成績間的關係，同樣是調查研究。

　　3. 只有當你有兩個以上的變項，而且想要探討它們之間的關係時，才需要決定該使用調查研究或實驗研究。例如：上面的例子中，你想要知道讀書時間和成績間的「關係」；此時，可以選擇要使用調查研究或實驗研究。

（三）如果你決定要作調查研究（難度較低），請為各變項找到適合的測量工具。這一部分請看本書的第五章。

（四）如果你決定要作實驗研究（難度較高），先弄清楚誰是自變項、誰是依變項；然後為依變項找到適合的測量工具（同樣請見本書第五章），自變項則是利用隨機分組的方式（例如：作籤），讓不同組的受測者處於自變項的不同情境。例如：你將人隨機分成兩組，一組讓他們每天讀4小時的書，一組只讀1小時，看他們在成績上是否有差異。

4.6 ｜ 我該作調查研究還是實驗研究

　　看完以上說明，你可能會這樣想：「這樣說來，作實驗研究比較好囉？」這個問題就像，這樣說來和金城武在一起比較好囉？應該是。畢竟實驗研究比較可以推論因果，而調查研究不容易推論因果。不過調查研究也不差，它不是正牌的金城武，但至少是銘傳金城武。[7]任何研究，只要妥善規劃每一步驟，審慎地對待每個細節，都是好研究。即使調查研究不容易推論因果，它仍然告訴我們變項之間的關聯，而發現了關聯可以引導我們作更多的思考，或是在未來更進一步地去釐清因果關係；科學知識就是在這樣的過程中累積進展的。所以，你要挑戰實驗研究，很好！你想作調查研究，也很棒！這都是科學的一部分。但是，不論你要作調查研究，或是實驗研究，都有一個非常重要的原則要謹記在心 —— 絕對不能作出可能會傷害受測者的事。科學知識的進展很重要，但沒有任何事情可以凌駕於道德之上。以下我們就來談談研究設計中很重要的問題 —— 保護受測者。

4.7 ｜ 保護受測者很重要

　　1920年時，心理學家華生（John Watson）對一個十一個月大的嬰兒艾伯特進行了一項研究。他們先讓艾伯特和小白鼠在一

---

7 本書作者顏志龍有個外號叫「銘傳金城武」，另一作者鄭中平有個外號叫「成大裴勇俊」。對，你沒猜錯，這兩個外號都是他們自己取的。

起，允許他玩弄、接觸牠，此時艾伯特並不怕小白鼠。接下來只要艾伯特觸摸小白鼠，華生就故意製造出刺耳的巨響，小艾伯特會被巨大聲響嚇哭；這種「接觸小白鼠→巨大聲響」重複了很多次之後，艾伯特開始對小白鼠感到害怕，會哭著轉身背向小白鼠，想要離開。而接下來的實驗更發現，這種恐懼會擴散到其他類似的東西上，兔子、毛茸茸的狗、毛皮大衣，甚至是有白色棉花鬍鬚的聖誕老人。

如果有一天你有了小孩，你願意讓你的孩子成為這個實驗的受測者嗎？如果你是研究者，你有把握這個實驗所造成的效果是短暫的，不會對這孩子有長期影響嗎？假設艾伯特長大後和穿著毛皮大衣的人起了衝突而傷害對方，如何確定他的行為和當時這個實驗完全無關？華生的研究有非常大的道德爭議，而這研究發生在1920年。在現代科學中，這種可能傷害受測者的研究是不被允許的。

社會科學和自然科學的一個差異，是有時你無法確定你研究中的操作，對研究對象會不會造成無形或長期的影響。拿一支鎚子敲石頭，你會看到石頭裂開了，而且不用擔心石頭會不會因此有心理創傷；拿一根藤條往小孩手心打下去，你認為他只會痛一下，但是不知道在這痛之後的心理影響是什麼。因此，在社會科學中保護受測者非常重要。一個正式的社會科學研究，即使只是簡單的問卷施測，在實際執行前，都必須經過由同儕所組成的倫理委員會審查，仔細評估它是否會對受測者造成傷害（包括身體與心理傷害），審查通過了才能把這個研究付諸實行。雖然在你現在初學的階段，不

會有人要求你的研究要經過審查才能執行，但是你要記得這個重要觀念，作研究前要仔細評估對受測者的風險，絕對不能作出任何可能傷害受測者的操作，如果你無法確定時，要多和你的老師討論。

　　這邊也可以順道一提，為什麼社會科學進展的速度比自然科學慢？因為它受到了更多的限制。舉例來說，體罰在教育上到底是利是弊？邏輯上我們可以用前面介紹的實驗研究，隨機把小孩分成兩組，一組從小打到大，另一組從來不打他們，長大後觀察這兩組孩子在性格、情緒、智力等上是否有差異，這樣我們就可以很明確地知道體罰到底對孩子好不好了。問題是，我們不能為了研究任意地把孩子從小打到大。物理學家可以無情地對待石頭，但社會科學家不能無情地對待人。因此，社會科學家常常在許多條件限制下作研究，這使得社會科學的進展速度，以及理論的精確性，都不如自然科學。不是我們不夠聰明，是這門科學真的不容易啊！

////////////////////////////// 本章摘述 //////////////////////////////

1 研究設計就是要規劃研究中的每個變項，如何測量或操弄。有幾個變項，就要測量或操弄幾個變項。

2 「測量」和「操弄」的差別，在於受測者是否自己選擇了他在變項上的表現：若受測者在某一變項上的表現是他自己的選擇，就是「測量」；若受測者在某一變項上的表現不是他自己選擇的，是研究者為他作的選擇，就是「操

弄」。

3 測量和操弄區分出兩種主要研究設計：「調查研究」和「實驗研究」。所有變項都使用「測量」來蒐集資料的研究是「調查研究」，而對自變項使用了「操弄」來蒐集資料的研究則是「實驗研究」

4 「調查研究」比較不能推論因果關係，「實驗研究」比較能推論因果關係。

5 作實驗時隨機分組很重要。「實驗研究」之所以比較可以作因果推論，是因為它使用了隨機分組的方式，控制住干擾變項，這是「調查研究」做不到的。

6 不論是「調查研究」或「實驗研究」，只要審慎地進行研究，都是好的研究。

7 保護受測者很重要，絕不能作出任何可能傷害受測者的事。

進階主題—— 你可以Google看看

▶ 六度分離與臉書
▶ 縱貫研究和橫斷研究
▶ 受試者內實驗設計、受試者間實驗設計
▶ 區內隨機法
▶ 電擊實驗與倫理

本章習作

1. 進入中學生小論文網頁，找到一篇實徵研究的小論文。然後閱讀看看，它裡面有多少變項？每個變項是如何操作或測量的？

2. 2014 年時，有教育團體認為《哆啦 A 夢》中的胖虎和小夫一天到晚欺負大雄，根本就是霸凌團夥，這卡通不能看，會助長校園霸凌。我們要如何確定看《哆啦 A 夢》和霸凌行為有關？試著規劃一個調查研究、一個實驗研究。

3. 利用因果推論的三個條件，來說明上面的調查研究和實驗研究，為何可以或不可以推論因果。

4. 我們進行「玩暴力電玩頻率」對「攻擊行為程度」之影響的實驗研究，想要把人分成兩組，分別玩 10 小時或 1 小時暴力電玩，然後看兩組人的攻擊行為是否有差異。當受測者來時，我們問他：「你想玩 10 小時暴力電玩或 1 小時暴力電玩？」然後依照受測者的回答把他們分到 10 小時或 1 小時那組。這是隨機分組嗎？這研究可以推論因果關係嗎？

5. 請列出調查研究和實驗研究的優缺點，除了列出本章中所提到的之外，也試著儘量列出本章中沒提到而你想到的可能優缺點。

Chapter 5

進行測量

進行測量

「那麼，蒐集到七顆龍珠的少年啊！說出你的願望吧！無論是怎麼樣的願望，我都會幫你實現的。」神龍在滿布黑雲的天空這麼說。終於到了這一刻，你站在神龍面前，深刻地感受到這一刻是多麼得來不易，那些歷經過的戰鬥是如何地驚心動魄，蒐集龍珠的過程是如何地千辛萬苦。抬起頭，你緩緩地對神龍說：「我不是為了要讓悟空復活，也不是為了要打敗比克或生化人18號；我只想知道，隱藏在我的研究問題背後的那真正的解答是什麼？」[1]真是帥氣啊！沒錯，作科學研究和七龍珠的冒險過程其實有些類似，你必須先完成蒐集某些東西的任務，然後才能獲得想要的東西。要回答一個研究問題，最基本的一件事，就是要進行測量；第四章我們談到研究設計的目的，就是要決定每個變項用什麼方式去操弄或測量，這一章我們更進一步地去說明，如何製作或找到你所需要的測量工具。

5.1 測量對科學的重要性

要蒐集到品質好的資料，必須有好的測量，所以我們先談談

---

[1] 源自日本漫畫家鳥山明的冒險格鬥動漫《七龍珠》。這作品從本書的兩位作者小時候開始連載，直到他們步入了中年都還沒結束。儘管劇情很長，但整個故事可以用八個字講完：「沒有最強，只有更強」。是一部龜派氣功一開始只能打倒一個人，到後來可以毀掉一個星球的神奇動漫。

測量對科學的意義。2015年時有一個網路新聞標題是「科學家的噩夢：世界通用的公斤縮水了」；[2]這是科學界的大事。這件事的始末要追溯到1889年時，國際度量衡大會打造了一個鉑銥合金的圓柱體，稱為國際公斤原器（international prototype of kilogram）；它的重量，自此成為世界通用的「1公斤」的標準。這個公斤原器鎖在三層真空玻璃罩裡，就像少林寺的藏經閣，或是哈利波特消失的密室一樣，不能輕易打開，要同時有三位被認可的科學家在場，才能打開；公斤原器被非常嚴格且妥善的保護著。可是有一天，在幾經校對之後，科學家發現公斤原器的重量竟然減少了50微克。50微克有多重呢？其實大概只是相當於一粒沙的重量。然而這只是一粒沙的重量，影響卻非常大，因為科學中的很多單位，力學的單位、壓力的單位、能量的單位、電力的單位，都和質量有關，公斤原器的變化對科學研究是很大的威脅，而這個威脅會進一步波及到科學的應用領域，例如：醫學界、工程界等。於是國際度量衡大會決定在2018年時以新的方式重新界定1公斤──在自然科學中即使只是一粒沙的差異，都是令科學家戰戰兢兢、如臨大敵的事；因為當測量不夠精準時，很多知識就難以累積，許多理論就無從建立。一粒沙的誤差對科學的意義就是如此，那麼如果是一顆石頭的誤差會有多恐怖？就像如果你的血型明明是O型，但因為測量很爛，有時測出來是A型、有時是B型，那有多可怕；一個學測實力明明應該是50分的人，但是因為考題太爛，使得他有可

2　王穎芝（2015/9/30）。它變，全世界都得跟著變！科學家的噩夢：世界通用的「1公斤」縮水了。風傳媒（網路新聞）。

能考完的成績是30分或70分，那影響有多大。

因此，在進行科學研究時，盡可能讓測量精確、降低測量誤差，非常重要。在這邊，或許你就可以感覺到社會科學和自然科學的差異了。社會科學的測量無法作到像自然科學那樣的精確；科學家有辦法很準確地測量到你的物理特性，但在測量你的心理特性時就沒辦法那麼精確。你可以想像在測量你的身高、體重時，我們可以測到小數點後非常多位數那麼準確，但是換作要測量你的心理特性時，例如：你的外向程度、智商高低、幸福感如何等，就沒辦法作到這麼精準。事實上，社會科學測量的準確度和自然科學有很大的落差，如果用鐘來比喻，自然科學的測量就像是「光晶格鐘」，這是一種幾十億年才會產生一秒誤差的鐘，而社會科學的測量可能就像你逛10元商店時掛在牆上的那種雜牌時鐘。這種測量準確度上的差異，也是為什麼社會科學很難產生像自然科學那麼精準的理論的原因之一。

總之，你必須知道，精確的測量對科學研究而言很重要、很重要、很重要。在進行資料蒐集時，你絕對不能輕忽測量，必須用最嚴格的態度去選擇測量工具，要把測量當作像公斤原器一樣的謹慎對待。有了這個觀念，接下來我們就可以開始談如何進行測量了。

5.2 測量的基礎——變項

又來了，「變項」這兩個字又出現了。沒錯，變項的概念真的

很重要。如果你之前偷懶沒讀，或是已經生疏了，請務必再回頭看看【科學小學堂2-2】，讓自己明白什麼是變項。

　　作研究時要進行哪些測量呢？最直接的答案就是：你的研究有幾個變項，就至少要測量到這幾個變項的資料。蒐集資料的方式有兩種──操弄或測量，這我們在第四章談過；而這一章我們主要是談測量。舉例來說，如果你的研究是要探討「『外貌好看程度』和『善良程度』之間的關係」，這研究中有兩個變項，那麼你至少要測量到這兩個變項的資料。你要去測量「外貌好看程度」，也要去測量「善良程度」。如果你的研究題目是「台灣人民對立法院運作之滿意度調查」，這裡面只有「對立法院運作之滿意度」這個變項，所以你要去測量這個變項，以此類推。瞭解自己的研究探討哪幾個變項真的很重要，你一定要弄清楚這件事，才能往下作研究。你可以把變項想像成龍珠，龍珠要全部蒐集完成後才能許願；而你的研究有幾個變項，就像這世上有幾顆龍珠，要把所有關心的變項資料都蒐集到手，你才能往下分析資料，回答研究所關心的問題。

5.3 客觀測量與主觀測量

　　那麼，如果我已經知道我的研究有哪些變項了，接下來要如何對它們進行測量呢？社會科學的資料可以很粗略地分成兩大類：客觀資料和主觀資料。以身高為例，如果我們想知道一個人的身高，我們可以用尺去量，把測量結果記錄下來，這就是客觀資料。然而要知道一個人的身高，未必一定要用尺量，也可以請他直接

告訴我們他的身高是多少，這種由當事人自己報告的資料，就是主觀資料。同樣地，你想知道一個人有多少朋友時，可以直接記錄他臉書上的朋友數，這是客觀資料；也可以直接問他：「你朋友很多嗎？」他給的答案就是主觀資料，以此類推。

那麼，同一個變項，應該蒐集客觀資料還是主觀資料呢？雖然並不是百分之百如此，但通常客觀資料比主觀資料可靠。其實這並不難想像，除非那把尺很爛，否則用尺量出來的身高應該會比當事人自己憑記憶或感覺報告出來的身高來得準確。尤其社會科學的研究對象通常是人，人類雖然自稱是萬物之靈，但其實是一種偶包很重的生物；就像你在臉書上看起來是個奮發向上、積極樂觀的有為青年，但在現實中你最常作的事是攤在沙發上滑手機。如果你問一個花樣少女，她每餐吃幾碗飯，她可能會告訴你她的胃和小鳥的胃差不多大，但實際相處後你會發現她和牛一樣有四個胃，而且三不五時還會反芻。總之，人是很複雜的，你不能期望你的研究對象能完全沒有偏差地回答你的問題。因此以主觀測量的方式，讓受測者自行作答很容易產生偏差，這是你在進行測量時要非常小心的。常見的一些作答偏差，可以參考【科學小學堂5-1】。

雖然客觀資料通常比主觀資料可靠。但是要蒐集客觀資料並不容易。一方面社會科學的研究變項未必總是有客觀資料，例如：我們要研究「『外向程度』和『幸福程度』之間的關係」，這裡面「外向程度」不像身高、體重一樣，有很直接的客觀測量工具，因此要用客觀的方式加以測量並不容易。另一方面，就算某些變項有

客觀資料，它的測量也通常比較費時費力；例如：「幸福程度」，你可以去記錄一個人在日常生活中笑了幾次，或是因為苦惱而流下了幾cc的眼淚，但是可以想像這些測量費時又費力；比起來，直接問他「你覺得自己有多幸福？」可能簡單很多。因此，在社會科學中的測量，還是以主觀測量居多，而主觀測量最常用的工具就是問卷。

科學小學堂 5-1

常見的作答偏誤

由受測者自己作答，稱之為自陳式（self-report）測量，是社會科學中最常用的測量方式。但是使用這種測量方式要注意作答的偏誤，常見的作答偏誤如下：

（一）社會期望（social desirability）偏誤

這指的是作答者會傾向於回答那些可以帶給人好印象的答案，使得作答沒有反映出他真實的樣子。例如：「我不是雞鳴狗盜的人」、「我是個善良的人」這類型的題目，就算是小偷、強盜、殺人犯在這些題目上也很有可能會答「非常同意」，很少人願意承認自己不善良或雞鳴狗盜。因此社會期望高的題目，無法測到受測者真實的狀態。在測量時要克服社會期望偏誤，最直接的方式，就是在設計題目時避免帶有社會期望的陳述，例如：「在便利商店購物後，我常把零錢投入捐獻

箱。」像這樣比較行為層次的題目，就比較不受社會期望偏誤的影響。

（二）反應心向（response set）

反應心向指的是作答者沒有仔細閱讀題目內容，而一致性地往某個方向作答的傾向。例如：你用10個題目測量「喜愛五月天」的程度，作答者因為喜歡五月天，所以就不管題目內容是什麼，每一題都勾「非常同意」，於是我們會高估作答者喜歡五月天的程度。此時使用「反向題」可能有助於避免反應心向；也就是在裡面穿插一兩題「非常同意」反而表示不喜歡五月天的題目。例如：「五月天開演唱會，我不會去看」，這個題目答「非常同意」反而表示不喜歡五月天；類似這樣，反向題會使得作答者必須更用心地閱讀題目，不能隨便作答。

5.4 儘量使用現成的問卷

如同前面所說的，進行測量最重要的起點，是你得弄清楚你的研究問題中包含了幾個變項，並且為每個變項找到它對應的測量方式。而問卷是社會科學中最常用（但並非唯一）的測量工具；因此產生合適的問卷題目，是作研究時很重要的工作。

如何找到你的研究中所需要的問卷呢？這邊有一個很重要的觀念：凡是有現成的問卷可用，就不要自己編。問卷編製是一門比想像中複雜的學問，要編一份堪用的問卷沒那麼簡單；因此，你要

盡可能使用現成的問卷，不要想要自己去守街亭，街亭是很難守的。[3]例如：「『外向程度』和『幸福程度』之間的關係」這個研究需要兩種問卷：「外向性問卷」和「幸福感問卷」；你可以使用本書第三章中，教你如何查詢文獻的方式，去找到和外向有關的論文；例如：使用「外向」這個詞（千萬不要使用「外向問卷」這麼特定的詞），找到的論文裡面通常會有和外向性有關的問卷；同樣的，和幸福感有關的論文裡面通常會有和幸福感有關的問卷。你應該盡可能使用這些現成的問卷題目，來測量你的變項。

而在搜尋文獻時你可能會發現，和外向性有關的論文很多，測量外向性的問卷也不只一種，有那麼多種，要選哪一種呢？首先，你要看看題目內容，這些題目的陳述和你希望測到的東西是一致的嗎？這些題目的內容，對你的研究對象來說是容易閱讀、易於理解的嗎？從中挑選出你覺得最適合你的研究目的的問卷。其次，你要考慮題數；問卷題目太多，受測者可能會因為不耐煩而胡亂填答，所以題數不要太多會比較好，但是題數太少在測量上也不是好事（請參考【科學小學堂5-2】）。在這邊，我們根據自身的經驗法則，建議一個變項的測量大約10題左右；而整份問卷的題目總數

---

[3] 源自網路 PTT 八卦板。一開始有人說「馬『超』失街亭」、「孔明淚斬馬『超』」，後來這個梗擴大為所有姓馬的人，例如：「不是馬良失街亭嗎？」、「是馬英九失街亭吧！」久之，便有「這麼多姓馬的來守街亭還是守不住」、「街亭很難守」的概念。等一下，你不會真的不知道歷史上是誰失了街亭吧？請好好玩「真三國無雙」……不對，是好好讀《三國演義》。

儘量不要超過50題。這未必是百分之百正確的建議，但是對正處於科學起步階段的你，可以暫時參考這個建議。

 科學小學堂 5-2

社會科學測量的穩定性

　　社會科學測量的精確性遠遠不如自然科學，這是社會科學無法發展出像自然科學那麼厲害的理論的一個重要原因。相較之下，自然科學的測量穩定可靠很多。例如：一隻筆的長度，這次測得10公分，下次測得結果應該也會很接近10公分；只要儀器沒有壞掉，自然科學的測量通常很穩定。但是社會科學就不是這麼一回事了。例如：「我覺得自己很外向」這個題目，從1到10分，這次測你可能覺得你的外向是7分，但是下次測你的回答有可能是6分、8分，甚至更大的差異。因為你的答案受到你當下的心情、對自己的感覺，甚至作答之前遇到了什麼人、發生了什麼事的影響。影響社會科學測量的誤差因素很多，這使得社會科學的測量比自然科學不穩定。

　　有很多方法可以增加測量的穩定性，其中一個方法就是增加測量的題數。你可以這樣想像，如果問卷只有一個題目，很容易發生上面那種兩次作答不一致的情況；但是當有兩個題目時，你在某一個題目上次答6而這次答7，兩次差了–1分（6–7=–1），但是在另一個題目有可能是上次答7而這次答

6，兩次差了＋1分（7–6＝＋1），於是一來一回，算總分時這種不穩定會被平衡掉（–1＋1＝0）；類似這樣，當題目越多，這種平衡越可能發生。因此，藉由增加題數可以讓測量變得更穩定。但是就像之前所說的，題目越多，受測者越可能不耐煩而亂作答，這一點仍然要特別注意。

5.5 需要自己編問卷時

前面說過，如果有現成的問卷就儘量用現成的問卷，不要自己編，但是如果你想研究的變項真的沒有現成的問卷怎麼辦？首先，你可以去找你朋友的朋友的朋友的朋友的朋友的朋友，[4] 根據六度分離應該可以連繫到本書的兩位作者，然後花錢請我們幫你編問卷；但是我們的價碼非常高，你付不起，所以最好不要這樣作，還是自立自強比較實際。

找不到現成的測量工具，有可能是你非常執著於變項中的每個字，並且以它為條件來搜尋，以至於不容易找到完全一致的問卷。例如：如果你的研究題目是「高中生愛情觀之現況調查」，你用「高中生愛情觀」去搜尋，可能不容易找到完整出現這六個字的論文，但是用「愛情觀」就比較有機會找到相關的論文，然後你就可以看看這些愛情觀論文使用了什麼問卷，題目是否適切，把它改編

---

[4] 關於這個梗，請參見第四章的「六度分離」。

成你在意的「高中生愛情觀」問卷就可以了。同樣的，還記得我們說過科學語言和日常語言是不一樣的，你可能誤把日常語言當作科學語言使用，以至於找不到相關的論文；例如：上述的「愛情觀」其實是日常用語，你用「愛情觀」這三個字可能找不到論文，「愛情觀」的完整科學語言應該是「對愛情的價值觀」，因此用「愛情、價值觀」去搜尋，才更容易找到相關的論文和測量工具。

此外，如果你的研究主題真的沒有現成的測量工具怎麼辦？例如：「台灣人民對立法院運作之滿意度調查」，你想找「對立法院運作滿意度」問卷，而有可能過去真的沒有人作過這個主題，所以沒有現成的問卷。此時你應該從「滿意度」著手，雖然沒有人作過對立法院的滿意度，但是一定有人作過很多別的滿意度研究，參考那些滿意度研究，從這些論文中弄清楚什麼是滿意度，他們的問卷測量了哪些東西，然後據此來編「對立法院運作滿意度」問卷。同樣的，就算沒有人作過「對武俠小說態度」的研究，但是一定有人作過很多別的態度研究，參考那些論文來編「武俠小說態度」問卷，以此類推。

最後，無論是模仿別人的問卷去作改編，或是退無可退非得自己編問卷，問卷的編製都是一門複雜的學問。我們無法在這本書中很細緻地教你如何編問卷，但在此提出兩個大原則給你參考：（一）問卷題目要盡可能讓受測者能不費力的閱讀理解，例如：「我最近常常會出門以後，會擔心自己有沒有帶鑰匙，所以會一再重複不斷的檢查自己到底有沒有帶鑰匙，常常延誤既定的計畫。」

這個題目不好，因為它太長，受測者無法輕易地閱讀理解。或是「我不會看不懂這本書」，這個題目也不好，因為雙重否定會造成受測者閱讀上比較辛苦。讓受測者能不費力地閱讀你的問卷題目，很重要。（二）採用具體的「行為描述」來編題目會比較好。例如：「我很外向」，這個題目不好，因為每個人對什麼叫「很外向」的標準可能不同；「和他人相處時，我常常是話講得比較多的那個人」這個題目同樣是在測外向，但是以比較明確的行為方式去描述，這就比「我很外向」來得好。最後，在問卷編好後，也可以請同學幫忙看看，他們能不能看得懂，然後根據他們的回饋意見對問卷作調整。街亭很難守，但是希望以上的說明能讓你成功守住街亭。

5.6 問卷施測注意事項

以上我們談了如何讓測量工具盡可能完善，有了好的工具你就可以開始執行你的研究了。把問卷給受測者讓他們填答，這稱之為「施測」。施測問卷的時候你會怎麼作呢？站在校門口拿大聲公喊：「同學不好意思，麻煩幫我填一下問卷，救救可憐的科學家」，或是把問卷放在臉書上：「這是本人的小論文問卷，是朋友的請轉貼分享」；這樣作可以嗎？

本章一開始就提到，在自然科學中，即使是一粒沙的誤差，都要努力避免；對社會科學來說也是如此，研究必須盡可能避免誤差。有很多因素會影響問卷施測的結果，使得我們的研究產生

誤差：何時施測（When）、如何施測（How）、在什麼地方施測（Where）、對誰施測（Who），都會影響你的研究結果。例如：何時施測？利用下課10分鐘施測，受測者會急著交卷而胡亂填答，在時間充裕時施測誤差會比較小。如何施測？把問卷交給好友再轉交給受測者，你不知道你好友為了幫忙，自己寫了十份交回來；親自發問卷給受測者比較知道發生什麼事，才可以減小誤差。在什麼地方施測？在安靜的地方施測比起在吵鬧的地方施測更沒有誤差。對誰施測？把問卷發給更廣大的受測者，比起只發給認識的人，在研究結果的應用上誤差更小。

以上只是列舉一些例子，由於每個人施測的情境不太一樣，我們無法列舉所有的可能性。但是，施測問卷的基本精神就像農曆七月半走在夜路上一樣，你不會希望有不乾淨的東西跟著你……這樣講你可能不好理解，我換個說法，就像在作化學實驗，你不會用骯髒的試管、燒杯去裝東西，而是會儘量把它們洗乾淨，因為你知道不乾淨的器具會影響實驗結果，甚至造成預期之外的化學反應。社會科學研究也是，既然社會科學研究的對象是人，凡是會對人造成影響的人、事、時、地、物，都可能是誤差的來源。你要盡可能去考慮所有會造成誤差的因素，努力去控制這些影響因素，讓你的研究不受誤差影響。比起稀里呼嚕的胡亂施測，儘量控制誤差的施測可能需要花更多的時間，但是這絕對值得。研究過程中的誤差和數學上的零這個數字很像，不管多大的數字乘以零還是零。如果你為了求方便而在操作研究時隨隨便便，或許你能很快地蒐集到500份問卷，覺得終於把研究作完了；但是500乘以0還是0。當研究過

程中充滿了各種誤差因素時，蒐集再多資料都是零，因為這些有汙染的資料，對於回答我們的研究問題並沒有幫助。在從事科學研究的過程中，你應該一直將本章開頭那個公斤原器的例子謹記在心，情人眼裡可能容得下一粒沙，但真正的科學家眼裡絕對容不下一粒沙。

　　最後，除了研究過程要嚴謹之外，對誰作研究——也就是研究的「抽樣」也很重要；關於社會科學中的抽樣問題，請見【科學小學堂5-3】。

科學小學堂 5-3

社會科學的樣本代表性困境

　　你知道鶯歌有一個建德里，號稱是全國選舉的「章魚哥」嗎？這個里在多次全國大選的開票結果，都與全台的結果一致，甚至連票數比例也十分接近，因此有人說「贏得建德里、贏得全國」。為什麼這麼神奇呢？這應該是因為這個里的里民組成特性，例如：政黨支持傾向、年齡分布等，和全台灣的人口特性剛好很接近。像這樣，在研究中所調查的對象的特性（如建德里民），和研究結果想要推論的對象的特性（如全台灣人），兩者接近的程度，稱之為「樣本代表性」。

　　樣本代表性很重要。例如：你想瞭解「全國高中生」的

學習動機，而現實中不太可能調查所有的高中生，你只能用少數的受測者（樣本）來推論所有高中生的狀態，於是當你的樣本越具代表性時，研究結果的可推論性也會越高。

那麼，要怎麼作才能使樣本有代表性呢？最簡單的方式就是隨機抽樣。我們給全國高中生每個人一個編號，接下來作籤（你可能需要一個非常大的籤筒），或是利用電腦程式，隨機取出所需要的人數，對他們作施測。由於這些人是隨機抽出來的，因此他們在各方面的條件應該和全國高中生很接近，此時我們就比較有機會讓樣本具有代表性，而研究結果的可推論性也就更高。

等等，此時你產生了困惑，我怎麼可能對全國高中生進行隨機抽樣？就算我是總統也辦不到啊！現在當總統不要被丟雞蛋就不錯了，還肖想人家來幫你作問卷？沒錯，藉由隨機抽樣來達成樣本代表性很難作到；別說是對全國高中生作隨機抽樣，就算只是要對你的學校作隨機抽樣也很難作到。你可以對全校的學生作隨機抽樣，隨機選出100個人，但是這100位同學應該不會全部乖乖聽你的話來作問卷。因此，實際上，大部分的社會科學研究用的都是所謂「便利抽樣」；白話說，就是有人願意作就偷笑了的抽樣方式。這的確不是好的作法，但常常是很多社會科學家不得不容忍的作法。

無論如何，樣本代表性在社會科學中一直是個難以克服的問題，也對社會科學知識的可推論性造成很大的限制。

////////////////////// 本章摘述 //////////////////////

1 精確的測量對科學研究而言非常重要,在進行測量時,必須用嚴格的態度去選擇測量工具。

2 研究有幾個變項,就至少要測量到這幾個變項的資料。

3 由受測者自己填答的資料,如問卷,可能有很多偏誤,在設計測量工具時必須加以注意。

4 利用文獻搜尋的方式,找到現成的測量工具,在執行研究時會便利很多。

5 利用文獻找尋現成的測量工具時,必須注意使用的關鍵字,使用正確的科學用語,比較可能找到所需的文獻和工具。

6 若必須改編或自編問卷時,要注意兩個編題原則:(1)問卷題目要盡可能讓受測者能不費力的閱讀理解。(2)盡可能採用具體的「行為描述」來編題。

7 問卷施測時,凡是會對人造成影響的人、事、時、地、物,都可能是誤差的來源。要盡可能去考慮所有會造成誤差的因素,努力去控制這些影響因素。

進階主題——你可以Google看看

▷ 信度與效度
▷ 「操作性定義」與「概念性定義」
▷ 章魚哥
▷ 社會期許量表
▷ 網路問卷

本章習作

1. 請思考看看，如果我們想蒐集「智力」、「生活滿意度」、「相愛程度」的客觀資料，可以怎麼作？

2. 請利用本章所教導的方式，以文獻搜尋的方式，找出「生活品質」的問卷。

3. 請利用本章所教導的方式，改編出一個「高中校園生活品質」問卷。

4. 請利用本章所教導的問卷編製原則，自行編製 10 題「智慧型手機依賴程度」問卷。

5. 某電視新聞台有個 call-in 活動，問了一個問題：「你覺得現在的年輕人是草莓族，吃不了苦嗎？」他們讓觀眾主動打電話進去投票（這稱之為自發性樣本），結果發現有 74% 的人同意這個看法。這算隨機抽樣嗎？這樣的調查結果是可靠的嗎？為什麼？

Chapter 6

論文撰寫Ⅰ──基礎篇

論文撰寫 ── 基礎篇

　　有人說，在歷史上有三個科學理論，打擊了人類的自尊，其中一個是哥白尼的日心說。人類是一種很「中二」的動物，[1]常說自己是萬物之靈，喜歡宣稱自己的存在有多麼的獨特，也覺得這世上所有的事物理應繞著人類轉。所以，當哥白尼說人類所居住的地球不是宇宙的中心，太陽沒有繞著地球轉，而是地球繞著太陽轉時，對人類來說是很大的打擊。哥白尼在1506年開始寫《天體運行論》，到了1536年寫完這本書（沒錯，他寫了三十年），創立了日心說。但是他不敢直接出版這本書，因為日心說違反了天主教的基本教義，而當時教徒們的勢力和現今網路上鄉民的力量一樣是很可怕的，弄不好可能會被燒死。因此，為了使這本書的出版不致引來殺身之禍，《天體運行論》發行時還假造了一篇前言，說書中的理論並不必然是行星的真正運動，只是為了推算行星位置想出來的人為設計；想藉此矇騙過宗教的反對力量。1543年《天體運行論》出版時，哥白尼已是重病在身；據說哥白尼在病榻上拿到了《天體運行論》的樣書時，他摸了摸書的封面，便闔上雙眼，與世長辭了。本書作者在拿到《給少年社會科學家》的樣書時，也是摸了摸書的封面，便闔上雙眼，但是好險後來有醒過來……無論如何，我們活在一個幸運的時代，不必擔心寫完論文後被抓去關，或

---

[1] 中二病出自日本網路流行語，是一種青春期特有的現象，指活在自我中心的世界中，並因此有很多自以為是的行為。由於這種情況常發生在中學二年級，故稱作「中二病」。

是被釘在十字架上燒死。這是一個人人都可以寫文章的時代；你可以假裝文青，寫些為賦新詞強說愁的文章；也可以發表幹譙政府、抗議社會不公的憤青文。[2]但是，讓我們來寫些層次更高的文章吧！六至八章將告訴你如何將你的研究成果，寫成一篇有模有樣的研究論文。

　　還記得我們在第一章的1.3節曾經提過，社會科學研究區分為「實徵」和「非實徵」研究兩類（如果你不清楚這兩種研究的區別，請務必回頭複習1.3節）；這兩種研究的論文撰寫大部分非常類似，本章就是介紹書寫論文一定要知道的共通部分，不論你是作哪一種研究，都要閱讀本章。至於兩種研究在書寫上不同的部分，則分別寫在第七章（「實徵」研究論文的正文撰寫）和第八章（「非實徵」研究論文的正文撰寫），這兩章你可以依自己的論文需求選擇其中一章來閱讀。也就是，如果你作的是實徵研究，那麼你應該閱讀本章和第七章；如果你作的是非實徵研究，那麼你應該閱讀本章和第八章。

6.1 科學寫作與一般寫作的不同

　　電影《功夫》中，火雲邪神對自己的太陽穴開了一槍，然後用迅雷不及掩耳的速度，以食指和中指扣住了子彈，此時濃濃中國風的嗩吶音樂響起，火雲邪神霸氣地說：「天下武功，無堅不摧，唯

---

[2] 憤青是「憤怒青年」的縮寫，通常指不滿社會現狀的網民。

快不破。」他用了十二個字說明了武學的精要。《神鵰俠侶》裡楊過幾經波折來到獨孤求敗埋劍的地方，他看到了插在劍塚中的玄鐵重劍，劍旁寫著八個字：「重劍無鋒，大巧不工。」獨孤求敗用八個字點出了劍法的精髓。[3]從某個角度來看，火雲邪神和獨孤求敗都是很好的科學寫作者——他們用簡要的文字，不帶廢話地，寫出想要表達的事情。這就是科學寫作最重要的精神。

　　這邊你一定要有的觀念是，科學的寫作和你以前被教導寫作文的方式不一樣。以前寫作文時，你可能被教導要寫得文情並茂，不只要說之以理，還要動之以情；但是科學寫作並非如此，科學寫作不需要任何的「情」，只講「理」。科學寫作的目的是要客觀平實地用文字表達出論述背後的邏輯，而不是要把文章寫得漂漂亮亮、洋洋灑灑。小說家和流行歌曲的作詞者用文字去打動人，但是科學家不是用文字去打動人，而是用文字背後的「事實」去打動人。如果把科學寫作比喻成一杯冰沙，你有多少冰沙（事實），就該用多大的杯子（文字）去裝它。只有200cc的冰沙，不該用500cc的杯子去裝它，那會讓人們以為你有500cc的冰沙；也不該用50cc的杯子去裝它，因為那無法承載你所有的冰沙。在科學寫作中，文字和它背後的事實，必須儘量精準的對應；你的文字越是精確地展現出它背後的事實，這樣的論文就越好，太多（誇張）或是太少（講不清楚），都是不好的科學寫作。

3　那把玄鐵重劍，後來成為非常知名的一對刀劍，這故事很精采，請自行閱讀。

　　在上面說的這個大前提下，新手科學家要特別注意幾件事：首先，平實的文字勝於華麗的文字。華麗的修飾，或是文學式的陳述，對科學寫作來說都是多餘的。例如：「古語有云，一日之計在於晨，早餐對人們來說很重要。」這個書寫中，「古語有云，一日之計在於晨。」這些文字對陳述早餐的重要性沒有什麼幫助，因為科學是講證據的，不會因為你說一日之計在於晨，我們就相信你。一日之計在於晨，如果是用在寫作文，可能會讓文章看起來厲害一些，但是用在科學寫作上不但不會加分，還會扣分，直接寫「早餐對人們來說很重要。」才是一個好的科學寫作。同理，「愛情可以滋潤青少年苦澀的生活，讓青春變得多采多姿。」這不是科學寫作；「愛情有助於使青少年的生活變得豐富。」才是科學寫作。「當翻開《給少年社會科學家》的扉頁時，少年們的科學視野也會跟著開闊起來。」這不是科學寫作；「《給少年社會科學家》這本書可以提升高中學生對科學的理解。」才是科學寫作。此時你可能覺得：「啥？科學文章那麼無聊喔？」某種程度可以說是，但也不是。科學的文字本身可能並不華麗，甚至讓人覺得冰冷而缺乏情感，可是它背後所傳達出來的想法卻是動人而有趣的。「地球繞著太陽轉」就文字使用來說平凡無奇，但是它所傳遞出來的事實卻是令人讚嘆的。哥白尼不需要用「地球像個淘氣的孩子一樣，總是繞著太陽翩翩起舞」的方式來說服你，簡單而平實的文字背後，已經傳達出足以傳世的事實。寫論文時你一定要記得你是在寫「論文」，不是在寫「作文」，越是平實的文字越好，寧拙勿巧。

　　另一個科學新手要避免的，是不要言過其實，不要為了急於想要說服別人，而去作誇張的陳述。例如：

　　「如果我們能理解暴力電玩對青少年的影響，就可以避免青少年暴力犯罪問題，這對於維護社會治安將會大有助益；因此，本研究有其重要價值。」

　　你以為這樣寫可以說服大家你的研究很重要，但這種寫法不但無益，反而顯得你是個科學外行人。因為裡面多數的陳述都言過其實，沒有根據。探討暴力電玩對青少年的影響很重要，但是這樣就可以避免青少年暴力問題了嗎？這樣就對維護社會治安大有助益嗎？這些說法都只是你自己在畫大餅、呼口號，正是這種言過其實的寫作，使得你偏離了科學寫作。更客觀的寫法應該是這樣：

　　「如果我們能理解暴力電玩對青少年的影響，就可以針對其可能影響，提出因應之道；因此，本研究有其重要價值。」

　　請你重讀並且比較上面兩種寫法；就作文的角度來看，似乎大同小異，但就科學寫作來說，卻有很大的差別。前者說了沒有根據的話，誇大其詞，後者則是很平實地去陳述事實；而這種平實的陳述，才是正確的科學寫作。

　　這邊順道提一下，由於科學寫作的重點在於客觀，要避免主觀，所以科學家在寫論文時不太喜歡用「我」這個字，因為這樣顯

得很主觀。通常我們在論文中講到自己時，會用「研究者」、「作者」、「筆者」之類的自稱，如「研究者發現……」而不是「我發現……」；這就像道士不用「我」，而是喜歡自稱「貧道」或「本山人」一樣。不過，如果你要這樣使用，請記得整篇論文統一只使用其中一種自稱，不要一下「研究者」、一下「作者」、一下又「筆者」，這樣反而會讓人看得霧煞煞。

在此，我們幫你總結一下科學寫作的一些重要觀念：（一）寫論文不同於寫一般的作文；（二）平實的文字比華麗的文字好；（三）陳述要客觀，避免寫超出證據之外的話。

6.2 論文的撰寫格式

現在是資訊爆炸的時代，不過對科學家來說，現在是論文爆炸的時代。我們曾經說過，研究通常會刊登在一種稱之為「期刊」的雜誌上（見【科學小學堂3-1】）；有研究者估計，單單2006年，便出版了約135萬篇期刊論文。[4]期刊論文就像科學家的《寶島少年》，[5]每篇期刊論文相當於連載漫畫中的一話；你可以想見一年有135萬話。而且這本《寶島少年》很特別，同一個連載漫畫，每

---

[4] 這個估計來自於 Björk, B. -C., Roos, A. & Lauri, M. (2009). Scientific journal publishing: yearly volume and open access availability. *Information Research*, *14*(1), paper 391.

[5] 台灣出版的漫畫週刊，常常連載少年 JUMP 的漫畫，包括《航海王》與《銀魂》等。

一話可能是不同人畫的，你可以看到美少女戰士畫風的獵人，還有柯南畫風的魯邦三世。[6]為了讓讀者在閱讀百花齊放、風格各異的期刊論文時，不至於眼花繚亂、上吐下瀉、消化不良，科學論文的撰寫因此有了特別的要求。我們會要求科學論文有特定的寫作格式，讓讀者清楚地知道每一段落的目的，也避免作者太過天馬行空，在寫作時有所疏漏。

因此，寫作時遵照論文的寫作格式規範來寫很重要。尤其如果你是要參加論文比賽，請務必查閱比賽的各項規定，並依規範來寫，否則不管你的論文寫得再好，只要格式不符都可能會被扣分，甚至評審可能連讀都不讀就把你淘汰。以下我們以2017年中學小論文比賽格式來說明論文寫作的要領，但請你務必重新確認你參加的比賽格式是否和本書建議相符。如果不相符，請依照你所參加的比賽格式去寫……但是別指望我們會退你錢；因為，就算格式不完全相符，以下所說的書寫要領也都可以套進各種格式中（關於正式的社會科學論文結構，請參考【科學小學堂6-1】）。

具體來說，我們建議小論文的寫作結構及內容，如表6-1。從表6-1中可見，小論文的書寫包含「前言」、「正文」、「結論」、「引註資料」四個部分。特別要注意的是，不論是實徵研究或非實徵研究，「前言」、「結論」、「引註資料」這三個部分的

---

[6] 《美少女戰士》、《獵人》、《名偵探柯南》與《魯邦三世》，都是漫畫名作。你可以上網 Google 美少女戰士與獵人的共同處，還有柯南與魯邦三世的共同處。

書寫格式是一致的，本章的內容將會說明這三部分的撰寫要領。實徵研究和非實徵研究，只有在「正文」的撰寫方式上比較不同，第七章會說明「實徵」研究的正文撰寫方式、第八章則是說明「非實徵」研究的正文撰寫方式，這兩章請你依自己的需求選讀。

表6-1　小論文的書寫結構

大標題	建議的次標題		書寫內容
壹、前言	一、研究動機		Why？略述為什麼要作這個研究。
	二、研究目的		What？略述本研究想回答什麼問題。
	三、研究方法		How？本研究用了什麼方法。
	四、研究步驟		畫出研究流程圖。
貳、正文（次標題會因「實徵」或「非實徵」研究而有不同）	實徵研究	一、文獻探討	對前言中的Why和What作更詳細的論述，並且要引註文獻。
		二、研究結果	呈現分析結果；若能使用圖表呈現更佳。
	非實徵研究	依論文內容決定次標題	對文獻進行回顧，並且進行分析、綜合、推理，以回答研究問題。
參、結論	一、研究發現		摘述整個研究結果。
	二、結果討論		對研究結果作討論，解釋為什麼得到這樣的結果、提出研究的可能意涵或應用建議。
	三、研究限制與建議		針對研究進行檢討，給予未來想要從事類似研究的人建議。
肆、引註資料	無		將論文中有使用到的參考文獻詳細資訊列於此，一定要注意引註的格式規範。

科學小學堂 6-1

正式的社會科學論文結構

正式的社會科學論文寫作，區分成六個主要單元：「緒論」、「文獻探討」、「研究方法」、「研究結果」、「討論」、「參考文獻」。這六個單元，可以和小論文的書寫結構對照如下：

一般論文寫作結構	小論文寫作結構
緒論（研究動機、目的）	前言（研究動機、目的、方法）
文獻探討	正文
研究方法	
研究結果	
討論	結論
參考文獻	引註資料

從上表你可以發現小論文的書寫結構和一般論文寫作，除了使用標題不同外，還有兩點實質的不同：首先，小論文把「文獻探討」、「研究方法」、「研究結果」三個部分合併成「正文」，這可能是考慮到初學者對研究方法比較陌生，因此並不要求他們在這些地方寫得細緻，如果是正式論文，會將研究方法獨立一章，詳細陳述。其次，中學小論文比賽格式建議，在前言時就要寫出研究方法，而一般論文寫作不會這

樣做。

無論如何，本章還是盡可能依照中學小論文比賽格式，提供你書寫建議；等到你有一天更高段了，請記得使用正式的論文寫作格式喔！

6.3 一定要小心抄襲的問題

以下我們會開始說明表6-1的四段格式要怎麼寫，也會有一些範例給你參考。但是在往下讀之前你一定要注意，**絕對不能直接照抄本書的範例，就算這些範例和你的研究情境一樣，你也不能照抄，而是要用你自己的話另外寫出來，否則就是抄襲**。抄襲在寫論文時是很嚴重的事，一旦別人（例如：論文比賽的評審）認為你抄襲，你的論文寫得再多再好，都是白費工夫、一文不值，嚴重一點還可能會被告。所以，請你一定要注意，絕對不能照抄我們提供的範例。本書第三章的3.8節有關於如何避免論文抄襲的說明，請務必要閱讀。至於抄襲會對科學帶來什麼後果，請參考【科學小學堂6-2】。

科學小學堂 6-2

為何不該抄襲他人文章

現在越來越多人意識到，寫論文不該抄襲。抄襲就像是偷竊，是不道德的行為，不過，在倫理之外，避免抄襲也在保障科學界的運作。

科學家也是人，拼死拼活探究世界，除了滿足自己的求知慾，也希望可以得到名或利。多數科學家通常比較好名，而不是好利，畢竟如果想賺錢，當科學家應該不是第一志願。[7]科學家要的名，就是要在自己發想出來的論點上，標示自己是第一個想到這件事的人，以名留青史。在歷史上，牛頓就和萊布尼茲爭執微積分是誰先發明的，也和虎克爭吵誰先提出行星軌道是橢圓形。這些爭議，都說明了科學家很強烈地希望在論點上標示出自己的貢獻。

因此，在我們寫論文必須引用別人的論點時，須注明誰提出了某個想法，表彰先前科學家的貢獻，讓科學家可以得到自己該得的名，這樣他們才會有持續的動機繼續研究科學。如果抄襲是被允許的，科學家作科學的一大動力就不見了，整個科學將會崩塌一大塊。

---

[7] 關於科學家比較好名而不是好利，可以從很多科學家願意留下自己的名字，但可能會拒領獎金或將發明無償供人使用來說明。例如：2003年，俄國數學家佩雷爾曼解開了世紀難題「龐加萊猜想」，他願意出面公布自己解開了這個難題，但卻拒領獎金 100 萬美元。

6.4 「前言」的撰寫

　　我們先來談談論文的「前言」怎麼寫。在表6-1中的四個大標題中，「正文」才是小論文的主體，而「前言」則是把「正文」的內容作一個濃縮說明，讓讀者一開始就可以知道你的論文在作什麼、如何作的。「前言」就像電視綜藝節目在即將進入廣告前，會先播一段吸引觀眾回來的精華片段一樣，是對接下來的節目內容的摘述。我們建議你在前言摘要式地寫四件事：（一）你為什麼作這個研究（研究動機）；（二）這個研究要回答什麼問題（研究目的）；（三）這個研究是怎麼作的（研究方法）；（四）整個研究過程如何（研究步驟）。以下分別說明前言的這四個部分的書寫。

一、「研究動機」的書寫

　　前言中的「研究動機」，是要寫你為什麼要作這個研究。請注意，這指的並不是你個人的興趣，而是你的研究和這個世界有什麼關係。例如：你想研究「吃甜食是否會讓人感到幸福」，而你的研究動機寫著：「由於研究者自己喜歡吃甜食，因此對此一主題相當感興趣。」或是「筆者某次經過蛋糕店時看到客人很多而有感而發。」這都不算是研究動機。因為每個研究都使用了這個世界的某些資源，你使用了納稅人付錢的圖書館、耗費了受測者的時間、占據了老師指導你的時間等，我們沒有理由使用這世界的資源只是為了滿足個人的興趣。你的興趣可能是你想要作某個研究的出發點，但是你必須為你的研究找到它和這世界的關係──我是為了對這個世界有所貢獻，才作這研究的──這就是研究動機。例如：我們

以「吃甜食是否會讓人感到幸福」為例，[8,9]它的研究動機可能是這樣：

> 　　近年來，台灣不少人將生活中意外得到的喜悦稱爲小確幸；而日常生活中，美食似乎是一個重要的小確幸來源。由於現代人們都喜歡追求生活中的小確幸，因此本研究希望可以探究甜食是否會對幸福感產生正面的影響，進而讓人們增加生活中的小確幸。

　　因此，寫研究動機時，你需要說出自己的研究對這個世界的意義。它可以只是一個小小的貢獻，不必很厲害，但是必須要和這世界所有連結，不能只是滿足你個人的興趣和好奇。此外，在書寫時也要特別注意我們前面曾經提過的，論文寫作應該盡可能客觀、平實，切忌為了說自己的研究很有貢獻，而作誇大其詞的論述。

二、「研究目的」的書寫

　　「研究目的」就是要去說明你的研究想要回答什麼問題。你可以想像成你在參加一場高爾夫球賽，旁邊有很多觀眾，你要告訴觀眾你的目標是什麼。不好的研究目的書寫就像在說：「我要把球打進前面的某一個洞。」或是「我要把球打進正前方那個綠綠的山丘

8　本章範例均改寫自：吳佳臻、許容燊、彭韻、詹瑞婷（2016）。甜食甜度對幸福感之影響——以盤子顏色為調節變項。銘傳大學諮商與工商心理學系，專題研究。

9　上面這篇論文的作者順序是依姓氏筆劃去決定的；但是一般學術研究通常會用對研究的貢獻度，來決定作者順序。

上。」這都不夠清晰；好的研究目的書寫應該是：「我要把球打進正前方綠綠的山丘上那個在白色旗子正下方直徑10.8公分的洞。」因此，研究目的的書寫，是要很清晰地讓讀者理解這個研究想要回答什麼問題。例如：

> 本研究的目的，是想要探討吃甜食的頻率和幸福感之間是否有關聯？是否越常吃甜食的人，其幸福感越高；越少吃甜食的人，其幸福感越低？

有時你的研究想回答的問題可能比較多，就用條列式的方式，一一列出。例如：

> 本研究的目的，是想要瞭解高中生的社群網路使用情形，包含：
> （一）高中生使用哪些社群網路平台？
> （二）使用頻率如何？
> （三）使用社群網路對高中生的生活造成了哪些正面影響？
> （四）使用社群網路對高中生的生活造成了哪些負面影響？

總之，研究目的就是要清晰地交代你的研究想要回答什麼問題。而怎樣才算清晰呢？把你寫的東西給同學或老師看，他們看得懂就叫作清晰，看不懂就表示不清晰。這會是一個簡單可行的方法。

三、「研究方法」的撰寫

前言中的「研究方法」是要概述你使用了什麼方法。就一般的正式科學寫作要求，研究方法應該要寫得很細。要寫到多詳細呢？還記得我們在第一章說過，科學的一個重要特性是重複驗證，也就是當我們想確定某個知識的真假時，最直接的方法就是把那個研究重作一次，看能不能得到同樣的結果。這就像你看了《中華一番》，依據卡通的指示，想重現小當家的「昇龍餃子」，結果作出來的餃子卻看起來像爛掉的貢丸，你就會懷疑作者是在唬爛。[10]因此，好的研究方法的書寫，就像在寫食譜，要讓那些未來想要重作你的研究的人，能依照你的說明，進行和你一樣的操作。但是由於小論文可能有篇幅的限制，此外在你初學的這個階段，要能鉅細靡遺地把每個研究細節都寫在論文中，可能也有困難。因此，以下範例是以比較簡要的方式來示範研究方法的撰寫。

研究方法的撰寫會因為你的研究是實徵研究，或非實徵研究，而略有不同。如果你的研究是實徵研究，那麼書寫的重點在於把研究程序和方法寫出來，我們建議你至少要寫兩個部分：（一）使用什麼方法；（二）受測者的人數、性別和年齡平均值；（三）使用了什麼樣的工具。例如：

---

[10] 「昇龍餃子」是卡通《中華一番》中最令人印象深刻的料理之一；是因打開蒸籠時，餃子會像龍一樣升起而得名。據卡通記載：「利用兩種不同材質的餃子皮，小麥和燕麥皮，加熱膨脹度不同原理，使餃子形成立體感，在熱氣蒸騰中，狀同昇龍。」網路上有不少人試作，沒有人成功過。

實徵研究的研究方法撰寫範例：

　　本研究使用問卷調查法【或實驗法、訪談法等】、研究對象為高中生63人，其中男性受試者23人，女性受試者40人，平均年齡爲16.37歲【受測者的人數、性別和年齡】。受測者填答兩個問卷，顏良謀（2009）的「幸福感量表」，和研究者自編的「甜食頻率問卷」【使用了什麼樣的工具】，然後進行分析，回答研究問題。

　　至於非實徵論文，使用的多半是文獻回顧法，因此你可以寫兩個部分：（一）說明你是使用文獻回顧法。（二）簡要交代你從文獻的哪些角度切入分析。例如：假如我們想瞭解使用網路如何影響學習，可以這樣寫：

非實徵研究的研究方法撰寫範例：

　　本研究使用文獻回顧法【說明使用文獻回顧法】，回顧過去關於網際網路的文獻，瞭解網路使用如何透過學校學習、家庭生活與同儕關係三方面，影響高中生之學習【簡要交代你從文獻的哪些角度切入分析】，來回答研究問題。

四、研究步驟

「研究步驟」並不是必要的，但是我們建議你用圖的方式，簡要地讓讀者知道，你從產生研究想法開始，到研究成果產生之間，作了哪些事。例如：圖6-1。

產生研究想法 ➡ 蒐集文獻 ➡ 研究設計 ➡ 問卷施測 ➡ 統計分析 ➡ 論文撰寫

圖6-1　研究步驟

坦白說，圖6-1的研究步驟圖很無聊，因為幾乎有人的研究都是類似這樣的過程，一定是先產生研究想法，然後蒐集文獻，之後操作研究，最後才能寫成論文。嚴格來說，這種研究步驟圖並沒有真的提供實質訊息，如果是比較正式的論文（如博碩士論文），我們並不建議放上這樣的步驟圖。不過，由於你現在才剛入門，畫一個類似這樣的圖，有助於你去整理你在整個過程中作了些什麼？有沒有漏掉什麼？這對你理解科學研究的過程會很有幫助，因此我們才建議你在論文的前言中，放上「研究步驟」這一小節。

總而言之，根據上面的建議，你論文的第一部分「前言」寫起來應該會像表6-2那樣。

表6-2　「前言」書寫範例

壹、前言 一、研究動機 　　近年來，台灣不少人將生活中意外得到的喜悅稱為小確幸…… 【以下略】 二、研究目的 　　本研究的目的是……【若有多個目的，可條列呈現。以下略】 三、研究方法 　　本研究使用XXX法的方式……【以下略】 四、研究步驟 　　本研究的步驟如下……【附上圖。以下略】

6.5 「正文」的撰寫

　　「正文」是小論文的主體。但是由於實徵研究和非實徵研究的正文撰寫方式有很大的不同，因此我們將它們分別另外各自獨立在第七章和第八章。如果你的研究是實徵研究，關於正文的撰寫請參考第七章；如果你的研究是非實徵研究，請參考第八章。什麼？你還不知道什麼是實徵研究、什麼是非實徵研究？快複習第一章的1.3節！

6.6 「結論」的撰寫

　　小論文的第三個部分是「結論」。其實用「結論」這個標題並不算很妥當，因為科學是一直在進展之中，就算牛頓的力學、愛因斯坦的相對論，也會有被新的科學理論取代的一天，因此科學並沒有所謂結論。在科學寫作時也比較不喜歡用「結論」這樣的詞，而是用「討論」。本書使用「結論」這個標題是因為參考了2017年小論文的寫作格式的規範，希望書能更符合讀者所需，一切都是為了錢……不對，是為了讀者。

　　「結論」這一單元，我們建議寫三個部分：（一）研究發現；（二）結果討論；（三）研究限制與建議。

一、「研究發現」的撰寫

　　這一小節主要寫兩件事：（一）簡要地重述你的研究目的；（二）簡要地重述你的研究結果。

　　你或許會覺得奇怪，研究目的和研究結果，前面都寫過了，為什麼這邊還要再寫一遍？因為讀者是很健忘的。你的論文對你來說很珍貴，但是對別人來說卻未必如此，人們在讀你的論文時通常不會很認真仔細；再加上你前面寫了很多東西，難保他讀到最後，已經忘記前面在說什麼了。所以在進入真正的討論之前，你應該幫讀者複習一下你的研究目的和研究結果。就像連續劇一開始會先給觀眾一些前情提要一樣。

不過要特別注意，在重述研究目的和研究結果時只要摘述即可，不要和前面寫過的東西有太多重疊；在寫作時也不可以把前面寫過的東西、圖表，直接剪貼過來；論文中有重複一模一樣的文字、圖表，會讓別人對你的論文品質大打折扣。這就像《射鵰英雄傳》的主人公郭靖，一開始降龍十八掌只學會一招「亢龍有悔」，只要遇到敵人就是用這招；如果郭靖每次用「亢龍有悔」，小說的作者就把一模一樣的文字貼過去，你一定會覺得這是一本爛小說。事實上，就算是同一個武功招式，金庸每次都用了不同的文字去描述它；郭靖用了十次，金庸就寫了十種不同的文字。論文寫作也是類似這樣，要儘量避免一模一樣的文字重複出現。

因此，根據上面的說明，「研究發現」這一小節可以書寫如下：

一、研究發現

本研究的目的，是想要瞭解人們對甜食的偏好，是否和幸福感有關；常吃甜食的人是不是比少吃甜食的人更幸福【簡述研究目的】。研究結果發現，常吃甜食的人和少吃甜食的人在幸福感上並沒有明顯差異【簡述研究結果】。

二、「結果討論」的撰寫

有了前情提要之後，接下來就要進入劇情神展開的階段了。這大概可以區分成幾個部分。

（一）對研究結果提出可能解釋

你要對研究結果提出一些解釋，分析為什麼會得到這樣的研究結果——這就是「結果討論」。例如：你發現常吃甜食和少吃甜食的人，在幸福感上並沒有很大的差異，為什麼？這邊最好的寫作方式，是從過去文獻去找出原因來解釋你的研究結果，因為——我們已經不知道講過多少次了——科學是強調證據的，所以如果你能引註文獻來解釋研究結果最好，這就是所謂「和文獻對話」。然而要把研究結果和文獻對話，對初學者來說有一定的難度；如果你目前做不到，至少要提出一般人認為合理的解釋。

（二）對研究結果的可能應用

還記得我們曾經說過，一個研究的動機，不能只是個人興趣，而是必須和這世界有所關聯——你希望自己的研究對這世界是有一些貢獻的。現在你已經作完研究了，根據這個研究成果你想給這個世界一些什麼建議呢？因此，我們在討論中要提出研究結果對於實務上有什麼建議。這些實務建議未必真的是什麼了不起的實質建議，它也許只是一些看法；看法可以是各方面，可以是結果的可能應用、根據研究結果可能預期的現象（例如：「當人們想要用甜食來改變自己的心情時，可能無法得到效果」），或是研究結果隱含的社會意義（例如：「近年台灣的甜食店林立，其原因或許和幸福

感與否無關」）。無論是何者，切記要緊扣著研究結果。根據上面的說明，「研究發現」這一小節可以書寫如下：

二、結果討論

　　為什麼人們吃甜食與否和幸福感之間沒有關聯呢？研究者回顧陳悅琴、張毓奇（2009）的研究，顯示每個人對於幸福感的感受並不相同，有些人容易滿足，有些人比較挑剔，這受到個人特質的影響。這表示可能有比甜食更影響幸福感的因素。【引註文獻來解釋結果】此外，本研究的對象是高中生，受測者吃甜食的頻率可能受到個人意願之外的因素影響，如零用錢多寡、父母管教等，這也可能影響到本研究所觀察到的吃甜食頻率與幸福感之關係【提出合理解釋】……過去常有吃甜食可以讓人幸福的說法，但是本研究發現吃甜食與否似乎和幸福感無關。或許真正能帶來幸福感的，並非一些物質條件，更重要的可能是一些心理條件。因此，我們在生活中應該要更重視這些能帶給人們幸福的心理條件【研究結果對於實務上有什麼建議】。

三、「研究限制與建議」的撰寫

　　「研究限制與建議」，顧名思義是要寫兩個部分：（一）研究有什麼不足；（二）根據這些不足，可以給未來研究什麼建議。

　　雖然你已經盡力，但沒有研究是完美的，研究過程中一定有一些不足或限制，你應該要仔細地反思，自己的研究有什麼不足；然後提醒未來想要從事類似研究主題的人，怎麼做可以更好，這就是上面說的：「研究有什麼不足，可以給未來研究建議。」如果你有使用特定的研究方法，如蒐集問卷、作實驗，那麼你可以從整個研究過程中去思考有什麼可以改進的地方；如果你使用的是文獻分析法，那麼你可以去思考文獻蒐集過程有什麼不足？蒐集到的文獻觀點有什麼共同處，然後試想，這樣的共同處因而掩蔽了哪些東西，接著建議可以如何克服這個限制。研究限制與建議的書寫，需要靠你的創意，或是和老師、同學多多討論。但是別忘了我們一直強調，科學寫作要平實，不要為了強調自己的研究很有貢獻而言過其實。在上述原則下，甜食幸福感的研究限制與建議可以這樣寫：

　　　　本研究的受測者均是來自研究者就讀的高中，研究結果的代表性較為受限，建議未來研究能採用背景更為多元的受測者……【研究有什麼不足，可以給未來研究建議】。在文獻蒐集方面，本研究主要是使用臺灣博碩士論文知識加值系統搜尋文獻，其中有部分較新的資料並未開放下載，這可能使得本研究之文獻蒐集有部分不足……【也可以從文獻蒐集的角度進行檢討】。

　　綜上所述，論文的第三單元「結論」，書寫範例如表6-3。

表6-3	「結論」的書寫範例

參、結論

　　一、研究發現【內容略】

　　二、結果討論【內容略】

　　三、研究限制與建議【內容略】

6.7 「引註資料」的撰寫

　　小論文的最後一部分，是「引註資料」。你要把論文中引用過的文獻，它們的作者、出版年代、書名、出版社等資料列在這裡。這邊你要特別注意，只需要列出你在論文中有引用過的文獻，而不是要列出你曾經讀過的文獻。例如：你在寫作過程中讀了《給少年社會科學家》這本書，給了你很多幫助，對你的論文影響很大，但是你在論文中並沒有引用它，那麼就不必在引註資料中列出來。一定要記得，只有那些你在寫論文時，實際有引述到的文獻才需要列在引註資料中。「引註資料」的意義是，告訴讀者你論文中實際出現過的那些文獻該去哪兒找，而不是你讀過哪些文獻。

　　文獻的引註格式很複雜，而且不同學科可能使用的格式又不同，不同論文比賽的引註格式可能也不同。這一部分請你上網搜尋「中學生網站引註資料寫作格式範例」，依範例來作。尤其如果你要參加小論文比賽或任何論文競賽，請務必按照比賽規定的格式來作，同時也請再回頭看看本書第三章的3.6節和3.7節。

////////////////////// **本章摘述** //////////////////////

1 論文撰寫會因實徵或非實徵研究而有不同。兩者主要差別在於「正文」的撰寫，其它大部分非常類似。本章介紹書寫論文時的共通部分。第七章則說明「實徵」研究論文的正文撰寫，第八章說明「非實徵」研究論文的正文撰寫。

2 科學寫作不同於一般的作文，使用平實的文字比華麗的文字好，而且陳述要客觀，避免誇張不實的陳述。

3 如果是要參加論文比賽，務必依照比賽的規定格式去寫論文。

4 絕對不能直接照抄本書的範例，而是要用自己的話另外寫出來，否則就是抄襲。抄襲在寫論文時是很嚴重的事。

5 小論文包含「前言」、「正文」、「結論」、「引註資料」四大部分。

6 前言包含「研究動機」、「研究目的」、「研究方法」、「研究步驟」四個小節。

7 正文的格式依實徵研究（第七章）或非實徵研究（第八章）而有不同。

8 結論包含「研究發現」、「結果討論」、「研究限制與建議」三個小節。

9 引註資料中只要列出論文中有出現的文獻資料即可，且要注意格式問題。

進階主題——你可以Google看看

▷ 三個打擊人類自尊的理論
▷ APA 格式

本章習作

1. 進入中學生網站的小論文專區網頁，找到一篇有興趣的小論文，比對看看，它和本章所建議的書寫格式之異同。

2. 承上，根據本章的書寫建議，你覺得該篇小論文寫得如何？有哪些是符合本章內容的？有哪些不符合？

3. 承上，從博碩士論文網站下載一篇論文，比較看看，小論文和博碩士論文的差別是什麼？

Chapter 7

論文撰寫 II
——「實徵」論文的正文寫作

論文撰寫──「實徵」論文的正文寫作

在閱讀本章之前，請務必確認你已經讀過第六章「論文撰寫
Ｉ──基礎篇」了，同時也確認你作的是「實徵」研究，才適用於
本章的寫作說明。

在本書中，我們建議小論文的寫作結構包含「前言」、「正
文」、「結論」、「引註資料」四個部分。其中，不論是哪一種論
文，「前言」、「結論」、「引註資料」這三個部分的書寫格式都
是一樣的，只有「正文」這個部分，會因為你作的研究是「實徵」
研究或「非實徵」研究而有所不同（如果你不清楚這兩種研究的區
別，請務必回頭複習1.3節）。本章將說明「實徵」研究的正文書
寫方式，第八章則是說明「非實徵」研究的正文書寫方式。

7.1 實徵小論文的完整結構

在介紹實徵研究的小論文撰寫之前，我們先看一下這種小論
文的完整結構，如表7-1。其中「前言」、「結論」、「引註資
料」三個部分的撰寫要領，我們已經在第六章介紹過了，這一章要
介紹「正文」的撰寫，也就是表7-1中有標底色的那些部分。「正
文」，可以說是小論文的主體部分，它接在「前言」之後，如果以
網路鄉民用語來比喻的話，寫「前言」時你只是對論文開了個頭，
接下來寫「正文」時，你要將前言寫的內容「神展開」。

我們建議實徵研究小論文的撰寫，包含兩個小節：（一）文獻探討；（二）研究結果。分別說明如下：

表7-1　實徵小論文的完整結構

大標題	建議的次標題	書寫內容
壹、前言	一、研究動機	Why？略述為什麼要作這個研究。
	二、研究目的	What？略述本研究想回答什麼問題。
	三、研究方法	How？本研究用了什麼方法。
	四、研究步驟	畫出研究流程圖。
貳、正文	一、文獻探討	對前言中的Why和What作更詳細的論述，並且要引註文獻。
	二、研究結果	呈現分析結果，若能使用圖表呈現更佳。
參、結論	一、研究發現	摘述整個研究結果。
	二、結果討論	對研究結果作討論，解釋為什麼得到這樣的結果、提出研究的可能意涵或應用建議。
	三、研究限制與建議	針對研究進行檢討，給予未來想要從事類似研究的人建議。
肆、引註資料	無	將論文中有使用到的參考文獻詳細資訊列於此，一定要注意引註的格式規範。

7.2 「文獻探討」的撰寫

如果有一天你買了一碗綠豆湯，回家後喝了幾口，發現裡面只有三、五顆綠豆，整碗都是湯；你一定會覺得很不爽，綠豆湯裡面怎麼可以沒有綠豆？這樣你應該也能明白，文獻探討一定要有文獻；你要先讀過文獻，然後將文獻整理出來，那才是「文獻探討」。科學寫作一切都要有依據，這些依據就是文獻，這和你以前寫作文不一樣，你不能憑空在那邊表達個人意見。在引用過去文獻時，你應該多引用正式研究，並直接去閱讀這些研究，而少引用二手的報導，特別是報章雜誌。至於文獻該去哪裡找？如何找？請參考本書的第三章。

那麼，在閱讀文獻之後，該如何寫出文獻探討呢？首先，你要先規劃打算寫幾小節、各小節的標題為何。以「吃甜食是否會讓人感到幸福」為例，你可以這樣規劃：

貳、正文

　一、幸福感及其重要性

　二、影響幸福感的相關因素

　三、甜食與幸福感的關係

在這個例子中，你規劃了三個小節以及它們的標題。這種規劃很像在作室內設計；你要先決定要隔幾間房間，房間各自的功能是什麼，然後才能決定每間房間放什麼家具。例如：你打算隔三間房間（文獻探討要寫幾個小節），包含一間臥室、一個客廳、一間廁所（各小節的名稱是什麼），然後你就會知道臥室內要放床、客廳內要放沙發、廁所內要有馬桶（每一小節內要寫什麼）。

可是瑞凡，[1]「我怎麼知道我的論文需要幾小節，以及每一小節的名稱呢？」這時候就需要使用到本書第一章1.5節曾經提過的「推進式」論述了。推進式的論述，指的是你在論述時從A點推到B點、從B點推到C點、從C點推到D點，以此類推；而點和點之間的推進必須在邏輯上是流暢的。例如：上面三個小節的推進邏輯可以像表7-2那樣呈現。表7-2左邊是各小節的標題，右邊是各小節打算寫的內容；現在請你只讀右邊「書寫內容」那一欄，也就是標底色的那些文字，由上往下讀。你應該會發現讀起來很流暢，那就是好的推進；當這樣閱讀很流暢時，就表示這些小節的規劃是可行的，以這樣的規劃寫論文應該沒問題。

---

[1] 網路流行用語，源自於戲劇《犀利人妻》爆紅的台詞：「可是瑞凡，我回不去了」。網路上甚至有「瑞凡產生器」……嗯，這社會可能病了。

表7-2 推進式論述的小節規劃

小節標題		書寫內容
（一）幸福感及其重要性	依論述流暢性推進	幸福感對人影響很大，因此很重要。
（二）影響幸福感的相關因素		既然幸福感很重要，所以值得我們關心影響幸福感的因素。
（三）甜食與幸福感的關係		在眾多影響幸福感的因素中，甜食是一個可能影響因素，所以本研究作這個主題。

因此，在規劃文獻探討的書寫結構時，建議你可以作一個像表7-2的表格，把你預想的小節標題和打算書寫的內容填進去；然後自己讀看看，在閱讀和邏輯上流不流暢？要如何修改才能更流暢？這樣應該可以讓你規劃出更好的文獻探討書寫結構。

在規劃出各小節後，接著就是要把文獻放進去各小節，並且寫成文獻探討的內容。這大致上可以從三方面來書寫：（A）過去文獻說了什麼；（B）你看了文獻後有什麼想法；（C）這些想法或文獻，和本論文有什麼關係。例如：[2, 3]

---

[2] 本章範例均改寫自：吳佳臻、許容熒、彭韻、詹瑞婷（2016）。甜食甜度對幸福感之影響——以盤子顏色為調節變項。銘傳大學諮商與工商心理學系，專題研究。

[3] 上面這篇論文的作者順序是依姓氏筆劃去決定的；但是一般學術研究通常會用對研究的貢獻度，來決定作者順序。

（一）幸福感及其重要性

　　我們在生活中常常會聽到有關幸福的話題，而人們也普遍會不斷地尋求幸福感。陸洛（1998）表示主觀幸福感包括兩個層面，一是正負向情緒、二是生活滿足；有的學者則認爲幸福感是一種情緒，也是一種認知（Argyle, 1987）。【(A)過去文獻說了什麼】由此可知，學者們對於幸福感所下的定義，大都偏向於對生活滿意程度及正負向情緒【(B)你看了文獻之後有什麼想法】。因此，根據上述學者的定義，本研究認爲：「幸福感是一種愉悅且滿足的心理情緒。」【(C)這些想法或文獻，和本論文有什麼關係】……

　　上述的ABC三個部分，在寫文獻探討的各小節時，是不斷交錯出現的。可以是ABC、BAC、ABAC、AABBC……各種排列組合，只要讀起來合理通順就沒問題。但是重點在於三個都要有；你不能整篇論文都是在表達自己的意見而沒有引用文獻（沒有A），或是引用了一堆文獻卻沒有自己的想法（沒有B），或是寫了一堆東西，卻看不出來和你的研究有何關聯（沒有C）。

　　此外，在論文書寫時我們需要引用文獻，而文獻的引用方式有兩種：將作者名字和年代放在前面或後面。例如：「陸洛（1998）表示主觀幸福感是……」（放在前面），或是「有的學者則認爲幸福感是一種情緒，也是一種認知（Argyle, 1987）」

（放在後面）。關於這些引用規則，請你再參考本書第三章3.6節的說明。

7.3 「研究結果」的撰寫

實徵研究的小論文「正文」的第二部分，是要寫研究結果。這部分是要把你的分析結果，例如：數據、訪談整理等，呈現出來。在呈現研究結果時要注意幾件事：首先，我們建議你在呈現結果之前，先簡單用一兩句話說明這個結果是如何得到的（如問卷施測、訪談結果等）。接下來，在呈現研究結果時，除了以文字、數據呈現之外，最好也能以圖、表方式呈現。例如：你作了統計分析，那麼就畫個統計圖；你作了訪談，那麼就把訪談結果整理成表格。這樣會讓讀者更能看懂你的研究結果。關於資料的分析、繪圖及解釋，請參考本書的第九章、第十章、第十一章。

另一個需要注意的事是：這邊先只要呈現研究結果，不要對結果作解釋。例如：你發現常吃甜食和少吃甜食的人，幸福感的差異似乎不大，就把這個事實寫出來；至於為什麼差異不大，在研究結果這一節先不談它，等到寫下一單元「結論」時才去討論它。把研究結果和對結果的解釋混在一起寫，會讓論文看起來很亂，應該避免這樣作。如果以《中華一番》常出現的劇碼來比喻，寫研究結果時你只要寫出小當家和黑暗料理界的廚師誰作的菜好吃就行了，至於像「這是多麼莊嚴而華麗的甘甜，彷彿波濤洶湧席捲而來，卻又繽紛無比，我的血液，我好像能聽到我體內血液奔騰的聲

音⋯⋯」，[4]這種為什麼某一道料理勝出的評語，等到寫結論時再說。

　　根據上述說明，研究結果可以寫成這樣：

　　本研究用問卷測量人們對於甜食的喜好程度和幸福感【先說明這個結果是如何得到的】，研究結果如圖一。【以圖表的方式呈現】研究結果發現，常吃甜食的人，幸福感平均值為13.63；而少吃甜食的人，幸福感平均值為12.56。儘管兩者有所差異，但這差異似乎不大。至於其可能原因，將於後面作進一步討論。【只寫研究結果，在此先不作進一步解釋】

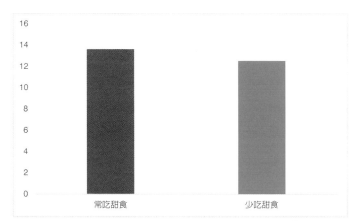

圖一　常吃甜食和少吃甜食者的幸福感平均值【附上圖表】

---

4 語出《中華一番》第二十話。

總之，論文中的「正文」這一部分，是整個論文的主體，必須要更詳細地去描述你的研究，而且適時引用文獻、附上圖表等，去豐富你的論文內容。根據上述，論文中的「正文」可以書寫如表7-3。

表7-3　「正文」的書寫範例

壹、正文
　　一、文獻探討【視論文主題決定下面要寫幾小節】
　　　　（一）幸福感及其重要性【內容略】
　　　　（二）影響幸福感的相關因素【內容略】
　　　　（三）甜食與幸福感的關係【內容略】
　　二、研究結果【內容略】

好了，以上就是實徵研究的正文撰寫要領。接下來，只要結合第六章和第七章，你就能完成一篇有模有樣的實徵研究小論文了！

///////////////// 本章摘述 /////////////////

1 本書第六章介紹論文撰寫共通的部分，第七章介紹「實徵」研究論文的正文撰寫，第八章說明「非實徵」研究論文的正文撰寫。如果你作的是實徵論文，應該結合第六章和本章來進行論文寫作。

2 實徵論文的正文書寫，應該包含「文獻探討」和「研究結果」兩個小節。

3 寫文獻探討時，要先規劃打算寫幾小節及各小節的標題，可用表7-2的方式決定這件事。

4 文獻探討的內容必須包含：（A）過去文獻說了什麼；（B）看了文獻後有什麼想法；（C）這些想法或文獻和本論文有什麼關係，這三個部分。

5 研究結果的呈現，除了文字、數據之外，若能以圖、表方式呈現會更有助於讀者理解。

進階主題——你可以Google看看

▷ 學術論文的「引用」與「抄襲」

本章習作

1. 進入中學生網站的小論文專區網頁，找到一篇有興趣的實徵小論文，比對看看，它的正文和本章所建議的書寫格式之異同。

2. 承上，根據本章的書寫建議，你覺得該篇小論文的正文寫得如何？有哪些是符合本章內容的，有哪些不符合？

3. 承上，從博碩士論文網站下載一篇實徵研究的論文（通常心理學系的論文都是），比較看看，小論文的正文和博碩士論文的正文（即「文獻探討」和「研究結果」）有什麼差別？

Chapter 8

論文撰寫Ⅲ ——
「非實徵」論文的正文寫作

論文撰寫——「非實徵」論文的正文寫作

在閱讀本章之前，請務必確認你已經讀過第六章「論文撰寫Ⅰ——基礎篇」了，同時也確認你作的是「非實徵」研究，才適用於本章的寫作說明。

在本書中，我們建議小論文的寫作結構包含「前言」、「正文」、「結論」、「引註資料」四個部分。其中，不論是哪一種論文，「前言」、「結論」、「引註資料」這三個部分的書寫格式都是一樣的，只有「正文」這個部分，會因為你作的研究是「實徵」研究或「非實徵」研究而有所不同（如果你不清楚這兩種研究的區別，請務必回頭複習1.3節）。本章將說明「非實徵」研究的正文書寫方式，第七章則是說明「實徵」研究的正文書寫方式。

8.1 非實徵小論文的完整結構

在介紹非實徵研究的小論文撰寫之前，我們先看一下這種小論文的完整結構，如表8-1。其中「前言」、「結論」、「引註資料」三個部分的撰寫要領，我們已經在第六章介紹過了，這一章要介紹「正文」的撰寫，也就是表8-1中有標底色的那些部分。

「正文」，可以說是小論文的主體部分，它接在「前言」之後，如果以網路鄉民用語來比喻的話，寫「前言」時你只是對論文開了個頭，接下來寫「正文」時，你要將前言寫的內容「神展

開」。[1]

我們建議非實徵研究的小論文撰寫，要依以下步驟進行：
（一）依據研究主題規劃小節及內容；（二）對文獻進行回顧，並
且進行分析、綜合、推理，以回答研究問題。分別說明如下：

表 8-1　實徵小論文的完整結構

大標題	建議的次標題	書寫內容
壹、前言	一、研究動機	Why？略述為什麼要作這個研究。
	二、研究目的	What？略述本研究想回答什麼問題。
	三、研究方法	How？本研究用了什麼方法。
	四、研究步驟	畫出研究流程圖。
貳、正文	依論文內容決定次標題	對文獻進行回顧，並且進行分析、綜合、推理，以回答研究問題。
參、結論	一、研究發現	摘述整個研究結果。
	二、結果討論	對研究結果作討論，解釋為什麼得到這樣的結果、提出研究的可能意涵或應用建議。
	三、研究限制與建議	針對研究進行檢討，給予未來想要從事類似研究的人建議。
肆、引註資料	無	將論文中有使用到的參考文獻詳細資訊列於此，一定要注意引註的格式規範。

---

[1] 如果你發現以上這一段文字很眼熟，那表示你讀過第七章，而且還來讀第八章……恭禧你！你有非常好學不倦的精神，可能是個適合當學者的人。沒錯，我們在這裡隱藏了一個學術性向測驗……這絕對不是在為我們從第七章直接剪貼騙錢找藉口。

8.2 規劃小節及內容

寫正文前應該先規劃打算寫幾小節、各小節的標題為何，以「網路使用如何影響高中生學業成績」為例，你可以這樣規劃：

貳、正文

　　一、網路對現代人的影響

　　二、網路使用對高中生的影響

　　三、網路使用可能影響學習的潛在因素

在這個例子中，你規劃了三個小節以及它們的標題。這種規劃很像在作室內設計，你要先決定要隔幾間房間，房間各自的功能是什麼，然後才能決定每間房間放什麼家具。例如：你打算隔三間房間（文獻探討要寫幾個小節），包含一間臥室、一個客廳、一間廁所（各小節的名稱是什麼），然後你就會知道臥室內要放床、客廳內要放沙發、廁所內要有馬桶（每一小節內要寫什麼）。[2]

因此，決定小節名稱很重要，這同時就決定了你的論文的書寫

---

[2] 什麼？你又發現這一段是從第七章剪貼過來的？恭禧你，你又通過隱藏學術性向測驗了。如果你在本章又發現其它從第七章剪過來的文字，不要懷疑，那都是隱藏學術性向測驗。如果你不懂我在說什麼，請回去查閱第一個注腳。

內容。但是，「我怎麼知道我的論文需要幾小節，以及每一小節的名稱呢？」以下我們就去說明決定小節數和小節名稱應該注意的事。

一、我需要幾小節？

這不容易有標準答案，你需要考慮論文書寫結構的層次問題。如果你在每一小節下沒有再分點往下寫，那麼節數可以多一些；如果你每一節下又分了很多點往下寫，則節數就要少一些，否則讀者會迷失在你的論文之中。以前面的房間比喻來說，如果每個大房間（每一節）內的格局和擺設很單純，那麼就算有很多大房間，人們也不致於迷路；如果每個大房間內都還有多個小房間、暗門，那麼大房間就不能太多。如果你不容易下決定，我們建議正文不要超過五節，但是也可以視需要增減；多少節是合適的，你應該和指導老師討論。

二、決定第一小節的標題名稱

第一小節是人們對你論文正文的第一印象。我們建議第一小節書寫關於你研究主題比較「概括性」的論述，藉此去寫出你研究的主題的重要性。例如：在「網路使用如何影響高中生學業成績」這個研究中，第一小節可以訂為「網路對現代人的影響」藉此去說明這個研究是重要的，然後接下來的幾小節再延伸到網路使用對高中生學習的影響。或是你也可把第一小節訂為「近年來高中生的學習情況」，同樣從這邊出發也可以讓你寫出這個研究為什麼是重要

的，然後接下來幾小節再延伸到網路使用對高中生學習的影響。特別注意的是，這第一小節的名稱和內容不要太特定，例如：直接把標題訂為「網路使用如何影響高中生學業成績」就不好，畢竟這樣的標題等於是把你整個研究包含進去了，那後面要寫什麼？總之，正文的第一小節就是選擇一個比較「概括性」的標題，而這一小節書寫的主要目標，就是要去突顯出你研究的重要性。

三、決定第二小節以後的標題名稱

從第二小節開始，你就要對研究問題進行回答了。這邊你可以用我們之前提過的「攻城式」的方式，來決定第二小節以後的標題名稱及書寫內容（此時建議你可以複習一下第一章的1.5節，回憶一下什麼是攻城式的論述）。

攻城式的小節規劃，就像在圍攻一座城；你可以用射火箭、放水淹、爬城牆、撞城門、收買城主等，各種方式；也就是從多個觀點去談同一個問題。這些觀點彼此間可以有關聯，也可以沒關聯，重要的是這些觀點都一致地指向同一個目標，協助你去論證出你研究問題的答案。

以「網路使用如何影響高中生學業成績」為例，我們可從不同的角度談。例如：「網路使用對時間分配之影響」、「網路使用對在學生活之影響」、「網路使用對學習動機之影響」等，這三方面的影響都共同指向，網路使用可能對學業成績造成影響。這就是用

多種方法「攻城」的小節規劃方式。因此,「網路使用如何影響高中生學業成績」這個研究,各小節可以規劃如表8-2。

表8-2 非實徵「正文」的小節規劃

貳、正文
　　一、網路對現代人的影響【第一小節寫關於你研究主題比較
　　　　「概括性」的論述。】
　　二、網路使用對時間分配之影響【攻城方式一】
　　三、網路使用對在學生活之影響【攻城方式二】
　　（中間可視需要增加攻城的節數）
　　四、網路使用對學習動機之影響【攻城方式三】

8.3 各小節的撰寫內容

　　決定各小節的標題後,接下來要寫些什麼呢?每一個小節都要至少寫三個部分:(A)過去文獻說了什麼;(B)你看了文獻後有什麼想法;(C)這些想法或文獻和本論文有什麼關係。例如:[3,4]

3　本範例改寫自:游佩姍、黃芷璇、蔡翊弘(2016)。大學生網路成癮與憂鬱程度之關係:有無規律運動之調節效果。銘傳大學諮商與工商心理學系,專題研究。

4　上面這篇論文的作者順序是依姓氏筆劃去決定的;但是一般學術研究通常會用對研究的貢獻度,來決定作者順序。

現今資訊科技日漸發達，導致網路十分普及，根據台灣網路資訊中心（2016）的調查，15~19歲曾上網者之比例為99.56%。而一項對台灣地區大學生的調查則發現，大學生每天平均要花費164分鐘上網（游森期，2001）【(A)過去文獻說了什麼】。由此可見，網路的使用非常普遍，這已成為青少年生活中重要的活動【(B)你看了文獻之後有什麼想法】。由於青少年正處於受教育的重要階段；因此，理解青少年的網路使用是否會對其學習造成影響，是一個重要的議題【(C)這些想法或文獻和本論文有什麼關係】。

上述的ABC三個部分，在寫正文的各小節時，是不斷交錯出現的。可以是ABC、BAC、ABAC、AABBC……各種排列組合，只要讀起來合理通順就沒問題。但是重點在於三個都要有，你不能整篇論文都是在表達自己的意見而沒有引用文獻（沒有A），或是引用了一堆文獻卻沒有自己的想法（沒有B），或是寫了一堆東西，卻看不出來和你的研究有何關聯（沒有C）。

其中文獻的使用非常重要。你要先讀過文獻，然後將文獻整理出來，並且放進各小節中。科學寫作一切都要有依據，這些依據就是文獻，這和你以前寫作文不一樣，你不能憑空在那邊表達個人意見。在引用過去文獻時，你應該多引用正式研究，並去閱讀這些研究，而少引用二手的報導，特別是報章雜誌。至於文獻該去哪裡找？如何找？請參考本書的第三章。

　　另外，適當的引用圖、表也是增加論文豐富性的好方法。你可以從文獻中引用它的圖、表（但是一定要註明出處，讓讀者知道這圖、表不是你作的，是你引自於某篇文獻的，否則就是抄襲）；最好是你看了多篇文獻後，自己整理出一個圖、表，那會讓你的論文看起來更有深度。

　　此外，在論文書寫時我們需要引用文獻，而文獻的引用方式有兩種：將作者名字和年代放在前面或後面。例如：「根據台灣網路資訊中心（2016）的調查……」（放在前面），或是「大學生每天平均要花費164分鐘上網（游森期，2001）」（放在後面）。關於這些引用規則，請你再參考本書第三章3.6節的說明。

8.4 利用分析、綜合與推理

　　前面提到，在寫各小節內容時，你要引用過去文獻，然後寫出「你看了文獻後有什麼想法」；但是具體來說，要如何從文獻中寫出自己的想法呢？你可以利用分析、綜合與推理三種思考方式，導引出你的意見。

　　分析，是利用對比不同文獻，評價或分類描述這些文獻結果。例如：「過去文獻中，我們可以看到當年紀小時，網路使用對生活的影響很大，但對於年紀較大的人來說，網路使用的影響則似乎沒那麼大；顯示網路使用的影響大小依年齡而定。」

綜合，則是找出這些文獻共通或相似之處，加以說明或評價。例如：「過去有些文獻認爲網路使用對學習的影響是有利的，但更多文獻則發現網路使用對學習的影響是不利的。綜合來說，雖然兩種文獻的結果不一致，但目前文獻都同意網路使用影響了學生的學習。」

推理，則是由過去的文獻，一步步推出進一步的現象，也就是我們在第一章的1.5節曾提過的「推進式」論述（建議你可以回頭複習一下1.5節）。例如：「從文獻回顧中發現，上網時間越長，負面情緒可能越高；負面情緒越高，學習效果可能越差；因此，網路使用有可能不利於學習。」

好了，以上就是非實徵研究的正文撰寫要領。接下來，只要結合第六章和第八章，你就能完成一篇有模有樣的非實徵研究小論文了！

////////////////////////// 本章摘述 //////////////////////////

1 本書第六章介紹論文撰寫共通的部分，第七章介紹「實徵」研究論文的正文撰寫，本章則說明「非實徵」研究論文的正文撰寫。如果你作的是非實徵論文，應該結合第六章和本章來進行論文寫作。

2 非實徵論文寫作時，要先規劃打算寫幾小節及各小節的標題。

3 第一小節建議使用較具概括性的標題，書寫內容則是要去強調研究的重要性。

4 第二小節以後，可用「攻城式」的方式，來決定標題內容；從多個不同角度切入來回答研究問題。

5 各小節的書寫內容必須包含：(A)過去文獻說了什麼；(B)看了文獻後有什麼想法；(C)這些想法或文獻和本論文有什麼關係，這三個部分。

6 將多篇文獻整理成圖、表，有助於增加論文的豐富性。

7 各小節寫作時，可善用分析、綜合與推理三種方式來整合文獻，提出自己的看法。

進階主題——你可以Google看看

▷ 批判性閱讀

本章習作

1. 進入中學生網站的小論文專區網頁，找到一篇有興趣的非實徵小論文，比對看看，它的正文和本章所建議的書寫格式之異同。

2. 承上，根據本章的書寫建議，你覺得該篇小論文的正文寫得如何？有哪些是符合本章內容的，有哪些不符合？

3. 承上，從博碩士論文網站下載一篇非實徵研究的論文（通常政治系有很多這一類的論文），比較看看，小論文的正文和博碩士論文的正文（即「文獻探討」和「研究結果」）有什麼差別？

4. 請規劃以「攻城式」論證撰寫「男女分校對青少年的影響」論文時，各小節的安排。

Chapter 9

資料輸入與整理

資料輸入與整理

　　在夢中，你變身為小當家，[1]準備好了番茄、洋蔥、雞肉火腿腸、紅糖和雞蛋，正打算大展身手，來一鍋彩虹粥。[2]突然間你驚醒了！沒錯，你只學過蒐集食材，還沒學過廚藝啊！廚藝之道，博大精深，不是短時間可以專精的。不過，只要學會炒和烤，你就可以做出基本的中華料理和西洋料理，只要用心，做個叉燒飯也可以變食神。

　　同樣地，通過了資料蒐集的嚴酷考驗，現在你就要進入資料處理的部分了。由第九章到第十一章，都與資料處理有關，這三章按順序包括資料整理、一個變項的統計分析和兩個變項的統計分析，學完這三招，你就可以初步分析資料了。

　　蒐集完資料，你可能迫不及待想做統計分析、看到結果，不過，就像做菜前需要整理材料，把肉切丁、紅蘿蔔削皮之類的；統計分析前，我們也需要把資料整理成容易分析的樣子，讓統計分析一氣呵成。本章就是要說明如何整理資料，包括資料輸入、資料檢查與資料轉換。本章的前五節是基本功（9.1節到9.5節），無論是

1　小當家是動漫《中華一番》的主人公。如果你 Google「小當家」這三個字，就會發現許多餐廳都取名叫作「小當家」，可見這部動漫有多經典。

2　「彩虹粥」是《中華一番》裡的一道料理；粥成五色，有解毒的功效。

哪種資料、哪種分析，都一定要做，就像是洗菜，無論做哪道菜都得做；所以本章9.1節到9.5節請你務必要閱讀。至於9.6 節到9.10節談的是資料轉換，這類招式繁多，就像是刀工，可以切丁、切絲、拍扁、彈簧切等，至於要不要使用這些刀工，則看菜色而定；如果要做宮保雞丁，就要會切丁，至於彈簧切就可以不學。所以9.6 節到9.10節你可以等需要用到時再回頭讀，而本書也會在你需要時提醒你該回頭讀哪一節。

9.1 資料要先轉換成數字

在大部分的情況下，作統計分析前，我們必須先把所有資料轉成數字。例如：圖9-1中，「每個月零用錢」受測者填2,000元，我們就要輸入2,000；而如果我們施測了問卷，例如：請受測者填答：「我喜歡《給少年社會科學家》這本書。」受測者答「非常不同意」，我們輸入1、答「部分不同意」我們輸入2，以此類推；或是像居住地：「北部」我們輸入1、「中部」我們輸入2，以此類推。

	非常不同意	部分不同意	部分同意	同意	非常同意
我喜歡《給少年社會科學家》這本書。	☐	☐	☐	☐	☑

請問你每個月的零用錢是多少？ ___2,000___

居住地：☑北部　☐中部　☐南部　☐東部　☐離島

圖9-1

因此，當你拿到資料後，第一步要作的事，就是把受測者的答案轉換成數字，並輸入電腦之中（9.3節會再詳述資料輸入方式）。有時你的資料可能不是自己輸入的，而是別人輸入的，裡面包含了文字，那麼你就用9.10節的方法，把所有文字資料都轉換成數字。

9.2 變項的分類

在分析資料前，我們要知道每個變項的類別。就像不同食材要用不同料理法、牽涉不同刀工，我們得先認出變項的類別，才能決定適合的統計分析方法。底下，我們先說明變項的分類。在社會科學中，有很多種方式將變項分類，不過，剛入門的小小社會科學家，在作資料分析時，需要先知道的是變項可以大致分成「數量變項」與「類別變項」兩種。知道你研究中的變項屬於數量變項或類別變項，是統計分析的基礎，所以請你務必要理解這兩種變項是什麼意思。

前面說過，在統計分析前，所有的資料都要轉換成數字。當把資料轉成數字後，雖然都是數字，不過有些數字可以加減，有些則不行。「數量變項」指的是變項中的數字可以加減；加減之後的結果，在解釋上是有意義的。「類別變項」則是數字只能表示彼此間的不同，不可以加減。例如：在圖9-1中，我們測出甲的零用錢是2,000元，乙是1,000元，我們知道將兩人的零用錢加起來是3,000元；在這個例子中，零用錢數目就是數量變項，因為數字相加之後

是有意義的。前面圖9-1中，如果居住地點在北部，我們記做1，中部記做2，南部記做3。阿德住在北部(1)，阿龍住在中部(2)，我們不能把1和 2加起來得到3，然後說阿德和阿龍加起來等於3，所以他們一起住在南部(3)；在這個例子中，居住地點是類別變項，因為這些數字相加減是沒有意義的。總之，當數字加減之後的結果是有意義的，就是數量變項；若數字加減之後的結果沒有意義，則是類別變項。而這邊特別提醒你，一般的問卷資料，也就是像圖9-1中「你喜歡《給少年社會科學家》這本書嗎？」那一類的題目，是屬於數量變項，是可以加減的。

要將資料轉換成數字時，數量變項和類別變項的作法也略有不同。有些數量變項直接是數字，例如：前面提到的零用錢；但是有些數量變項是以文字表示，例如：「我喜歡《給少年社會科學家》這本書」，受測者勾選的回答是「非常同意」、「部分同意」等，此時要先將這些文字答案轉換成數字，才能作後續的資料分析。在大部分情況下，轉換成數字的原則就是從1開始每次加1，程度越高給予越大的數字。例如：前面提到的：「我喜歡《給少年社會科學家》這本書」這個題目是數量變項，於是「非常不同意」＝1、「部分不同意」＝2、「同意」＝3，以此類推（程度越高，數字越高）。至於類別變項由於沒有程度之分，因此只要每個類別各自用一個特定數字去代表就可以了。[3]例如：居住地：可以是「北部」

---

[3] 有時類別變項也可能有次序大小之分，而採用不同的數字轉換方式；但是因為在本書的統計分析中並不會用到這樣的情況，因此我們暫時不討論它。

＝1、「中部」＝2、「南部」＝3，也可以是「北部」＝3、「中部」＝2、「南部」＝1，以此類推。將變項數字化很重要，進一步的觀念可以參考【科學小學堂9-1】。

科學小學堂 9-1

數字化和科學的關係

　　很多科學家相信數學是科學之母，科學需要使用數學，而數學要在數字上運算，所以需要「測量」，將資料變成數字。延續這個傳統，很多社會科學，都希望「測量」想知道的性質，把這些性質轉成數字，再利用數學綜合與分析資料，得到有用的知識。

　　最簡單的數學是加法，所以如果一個學科測量出來的數字不能相加，那就不會用到數學，這學科就不是科學。在二十世紀初期，部分自然科學家用這個理由攻擊社會科學家，認為社會科學測出來的數字不能相加，所以社會科學不是科學。面對這種批評，社會科學家本來是可以一笑置之的，然而更重要的是那些自然科學家主張：「所以，社會科學家不應該得到國家對科學的補助金。」聽到這句話，修養再好的社會科學家也驚恐了；你笑我不科學沒關係，但是拿走我的錢就萬萬不可！

　　所幸，亂世出英雄。心理學家史蒂文斯提出想法，[4]認為測量可以得到數字，但不同測量可以使用到的數字性質不同，因此對應到不同的運算。這些運算雖然不一定是加法，但也都是數學，沒有理由獨尊那些可以加的數字。

　　史蒂文斯進一步將測量得到的數字，根據他們可以用到的數學性質，分成四類。第一類數字就是我們提到的類別變項，只能代表同或不同，不可以比大小或加減（例如：居住地）；第二類數字可以比大小，但不能加減（例如：名次）；第三類數字是我們提到的數量變項，可以比大小，也可以加減（例如：問卷上的得分）；第四類數字可以比大小，也可以加減，而且可以進一步乘除（例：身高、體重）。不同類的變項，適合不同的統計方法，有興趣的同學將來可以花時間研究一下。

　　因此，知道某一個變項是數量變項或類別變項很重要；在統計分析時也是如此。數量變項與類別變項在統計上的分析方式不同，對於類別變項，我們通常計算每一類別的百分比；對於數量變項，我們則會計算平均數，這會在第十章與第十一章提到。

---

[4] 史蒂文斯全名叫做史丹利‧史密斯‧史蒂文斯（Stanley Smith Stevens），是度量化（Scaling）這門學問的先驅。他為了科學基礎的問題，組織了科學的科學討論小組（Science of Science discussion group），他的人生奇妙地與 S 有著不解之緣（請見本註解中的一堆英文）。

9.3 資料輸入

在這本小書中，我們建議你用Excel做資料分析。Excel不是一個專業的統計軟體，不過Excel非常直覺，可以讓你半手工、半自動做資料分析，有助於建立你對資料分析的感覺。就像是小當家需要七件厲害廚具一樣，[5]你將來可能會學習更專業的統計軟體；[6]不過，在這個起步的菜鳥廚師階段，先有一把拿得順手的刀比較重要，所以我們建議你先用 Excel 入手。在本書中我們使用的是Office 365版本的Excel，如果你的Excel版本不同，Google一下，應該都可以找到對應的操作方法。

底下我們以範例檔Ch09A.xlsx，說明資料輸入和整理的作法（你可以下載本書所有的範例檔，下載方式請見本書的封底）。當你打開Excel，會看到空白的「工作表」，如圖9-2。你可以把工作表想成是空白表格，我們要把資料一筆一筆填進表格中。工作表的上方標示A、B、C等，左方則標示1、2、3等，這可以想成座標。例如：D5就是上方是D，左方是5的那個格子。在表格之上，則有很多可以使用的功能，不過不用驚慌，我們只會需要其中的少數幾個。

---

[5] 動漫《中華一番》中有七件傳說中的廚具，例如：專用於食材保鮮的靈藏庫，自動將食材切絲或剁碎的貪狼壺。仔細想想就會發現，其實你家也有傳說中的廚具，只是叫電冰箱和料理機。

[6] 工商服務時間：等你讀大學之後，歡迎繼續閱讀兩位作者的另一鉅著《給論文寫作者的統計指南》。

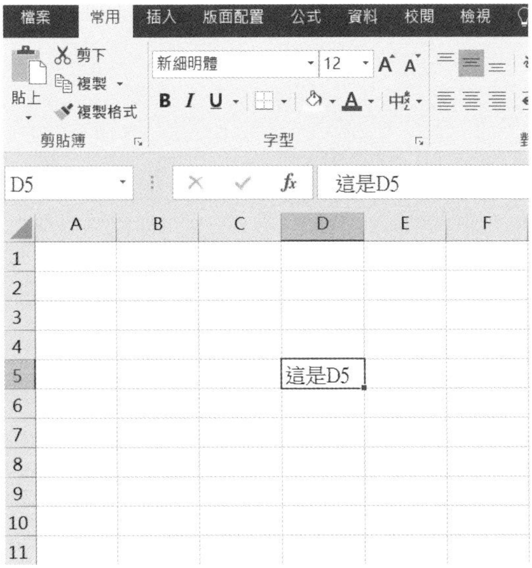

圖9-2 空白的工作表

問卷回收後，要把資料輸入到Excel裡面。我們在此提示幾個重點：

1. 第一列（橫的叫列）要輸入變項的名稱。心理學的研究告訴我們，你的記性沒有你想像中好，沒有變項名稱，一星期後你就不知道怎麼讀懂資料了。

2. 第一行（直的叫行）要記錄受測者編號。切記，你需要先在收回的問卷上寫上編號。例如：你回收了30份問卷，第一份問卷上寫上1、第二份寫上2，以此類推；然後在輸入資料時，再把每份問卷的編號輸進Excel工作表中。這樣當發現資料有問題時，你才有辦法回追問卷，檢查可能的問題在哪裡。

3. 然後就像前面說過的，除了變項名稱之外，問卷中的所有資料都以數字的方式輸入。輸入完的資料，應該會像圖9-3那樣。

4. 資料輸入完後，另存一份檔案備份。因為未來作統計分析時，你可能會在檔案上面加工、更改資料等；可是瑞凡，很多事一旦作了就回不去了。[7]因此，一定要留下剛剛輸入完沒有作任何加工時的檔案，萬一未來發現有錯誤時，才有辦法重新開始。

	A	B	C	D	E	F	G	H	I
1	受測者編號	年級	性別	居住地	化學	地科	生物	物理	
2	1	1	1	4	94.00	52.00	89.00	86.00	
3	2	1	1	3	73.00	72.00	92.00	80.00	
4	3	3	1	2	58.00	51.00	49.00	50.00	
5	4	1	1	4	76.00	61.00	88.00	58.00	
6	5	1	2	1	58.00	87.00	63.00	89.00	
7	6	1	2	1	61.00	55.00	87.00	68.00	
8	7	3	1	4	69.00	67.00	40.00	89.00	
9	8	2	2	1	51.00	59.00	87.00	81.00	
10	9	1	1	4	82.00	62.00	91.00	72.00	
11	10	1	2	4	82.00	47.00	82.00	78.00	
12	11	1	1	4	46.00	89.00	51.00	52.00	
13	12	2	2	3	46.00	91.00	79.00	77.00	
14	13	2	1	4	44.00	69.00	95.00	68.00	
15	14	2	1	4	82.00	40.00	87.00	62.00	
16	15	3	1	2	69.00	54.00	73.00	59.00	
17									

圖9-3　資料輸入後的樣子

---

7 「可是瑞凡，我回不去了！」出自於電視劇《犀利人妻》。不過再往前追，可以追到張愛玲的小說《半生緣》的名句：「我們回不去了」。

9.4 資料檢查

資料轉換成數字後，我們要確認資料輸入過程沒有出錯，才能開始作統計分析。我們用排序功能，看看有沒有輸入錯誤。以下以性別為例，去檢查性別有沒有輸入錯誤。

1. 請利用本書「附錄A：Excel中一個變項的排序」指示，對性別作排序。

2. 排序結果應該會如圖9-4那樣。此時，性別會是由小到大排序的。

3. 檢查有沒有不合理的數值。以性別為例，如果你本來男生輸入1、女生輸入2，則性別那一列應該只有1與2，如果有別的數字，就可能是一開始問卷答案有誤或是輸入錯誤。

4. 當發現有些數值不合理，則應予改正。例如：圖9-4中第一個性別＝0。你應該對照這筆資料的受測者編號，找出問卷，看看發生了什麼事。啥！忘了編號，老師在講你有沒有在聽？前面之所以提醒你，要為問卷編號並且把編號輸入Excel工作表，就是用在這個時候。

5. 重複1到4，檢查其它變項，直到所有資料都正確無誤。

A	B	C	D	E	F	G	H	I
受測者編號	年級	性別	居住地	化學	地科	生物	物理	
1	1	⓪	4	94.00	52.00	89.00	86.00	
2	1	1	3	73.00	72.00	92.00	80.00	
3	3	1	2	58.00	51.00	49.00	50.00	
7	3	1	4	69.00	67.00	40.00	89.00	
9	1	1	4	82.00	62.00	91.00	72.00	
11	1	1	4	46.00	89.00	51.00	52.00	
13	2	1	4	44.00	69.00	95.00	68.00	
14	2	1	4	82.00	40.00	87.00	62.00	
15	3	1	2	69.00	54.00	73.00	59.00	
4	1	2	4	76.00	61.00	88.00	58.00	
5	1	2	1	58.00	87.00	63.00	89.00	

圖9-4 對資料排序後的結果

9.5 各種資料轉換

以上9.1到9.4節介紹了基礎的資料輸入和資料整理。在作完這些工作後，有時資料還要進行轉換，才能開始作統計分析。常見的情況包含：

（一）想把多個數量變項加總或是算出平均值。例如：你施測了一個幸福感問卷，有20題，你要把這20題的得分加總，或是算出平均，這樣才能知道每個人的幸福感程度。

（二）想把數量變項轉換成類別變項。例如：你有全班的社會科成績（數量變項），想依據這個成績，把全班分成及格和不及格兩組人（變成類別變項）。

（三）想將類別變項內的多個類別，簡化成較少的類別。例如：
你有全班的星座（類別變項），星座有十二種，你覺得太多
了，分析起來很麻煩，於是想將它簡化成四大類：風象、火
象、土象、水象星座。使得一個本來包含十二種的類別變
項，變成一個只包含四類的類別變項。

（四）想將多個類別變項，合併成一個類別變項。例如：你有高
中生買茶飲時，加糖與否（第一個類別變項），和茶的類型
（紅茶或綠茶，第二個類別變項）；於是你把這兩個變項合
併成一個新的類別變項，叫作「飲料種類」，包含有糖紅
茶、無糖紅茶、有糖綠茶、無糖綠茶四種類別。

接下來從9.6到9.9四個小節，我們將說明上述四種常用的資料
轉換方法，四個小節彼此間沒有順序，也沒有一定要做，你可以先
跳過底下9.6到9.9四個小節，然後依照你的研究問題，先閱讀第十
章（一個變項的統計分析）或第十一章（兩個變項的統計分析）；
當你需要進行某種資料轉換時，本書會提醒你再回來讀以下小節。

9.6 數量變項的轉換──產生總分或平均數

這一小節，說明如何計算數量變項的平均數或總分。以示範資
料（**Ch09A.xlsx**）為例，計算數量變項的總分的步驟如下：

1. 先決定總分要放在哪一直欄，並在第一格輸入新的變項名
稱。以圖9-5資料為例，我們想計算各科總分，預計存在I這一欄。

則在 I1那個格子輸入新的變項名稱，我們叫做「各科總分」（可自行決定名稱）。

2. 第一位受測者的總分，應該要放在變項名稱下方的那一格（在本例中為I2）。由於第一位受測者的總分指的是「化學（在E2格）＋地科（F2）＋生物（G2）＋物理（H2）」，因此我們在I2格子中輸入「＝E2＋F2＋G2＋H2」這樣的式子，如圖 9-5。按下「Enter」後，你會發現成績總分出現了。

3. 點擊剛才輸入公式那一格（I2），放開，然後將滑鼠移到格子右下角，會看到游標呈現黑十字狀態，按左鍵不放，往下拉到最後一位受測者總分的位置，Excel 會將所有人分數都算出來。

4. 以上是算總分的方式。如果你要算的是各科目平均，則是在第2步驟時輸入「＝(E2＋F2＋G2＋H2)/4」，然後重複相同步驟即可。

上面這個例子是計算各科成績的平均或總分，同樣的方式，也可以讓你算出各種問卷的平均或總分。例如：你用了5題來測學習態度，可以利用上述方式算出學習態度的平均或總分，只要在相對應欄位輸入「＝ 某個數學式」就可以了。只要變項是數量變項，就可以這樣算出多題的平均或總分。至於在作資料分析時，應該用總分或平均，並沒有一定，只要你覺得寫研究結果時好解釋就行了。

	A	B	C	D	E	F	G	H	I	J
	受測者編號	年級	性別	居住地	化學	地科	生物	物理	各科總分	
1										
2	1	1	1	4	94.00	52.00	89.00	86.00	=E2+F2+G2+H2	
3	2	1	1	3	73.00	72.00	92.00	80.00		
4	3	3	1	2	58.00	51.00	49.00	50.00		
5	7	3	1	4	69.00	67.00	40.00	89.00		
6	9	1	1	4	82.00	62.00	91.00	72.00		
7	11	1	1	4	46.00	89.00	51.00	52.00		
8	13	2	1	4	44.00	69.00	95.00	68.00		

H2　=E2+F2+G2+H2

圖9-5 製造新的數量變項（總分）

9.7 將數量變項轉換為類別變項

　　有時會需要將數量變項分組，變成新的類別變項。例如：出生年次是數量變項，可是我們可以把它分成五年級、八年級等。[8]又或是期中考成績是數量變項，我們可能分成60分以下、61到70分、71到80分等類別，使期中考成績從數量變項轉換為類別變項。在示範資料（Ch09A.xlsx）中，我們把物理成績分組，變成類別變項。其步驟如下：

---

[8] 年級是台灣流行的，用來提及年次的俏皮說法。所謂五年級，就是在民國五十幾年出生的人，八年級則是民國八十幾年出生的人。千萬不要問本書的兩位作者是幾年級……

　　1. 請利用本書「附錄A：Excel中一個變項的排序」指示，對物理成績作排序。

　　2. 決定新類別要放在某一直欄，並在第一格輸入變項名稱。例如：我們想將物理分數重新分組，預計存在I這一欄。則在I1輸入變項名稱，我們叫做「物理成績分組」（此名稱可以自己隨意決定）。如圖9-6。

　　3. 找到原始數量變項（如物理成績）的最大值與最小值，決定分組間隔。在本例中，我們發現物理成績的最小值是50，最大值是89，我們可以以10為間隔，將50～59當成第1組，60～69當成第2組，以此類推。

　　4. 找到物理成績應該為第1組（在本例中為50～59分者）的第一位受測者，在他的「物理成績分組」對應格子（I2）中輸入1。

　　5. 點擊I2那一格，放開，然後將滑鼠移到格子右下角，會看到游標呈現黑十字狀態，按左鍵不放，往下拉到最後一位「物理成績分組」應該是第一組（即分數介於50～59分之間）的受測者，你會發現所拉範圍內的受測者「物理成績分組」都出現1（或是你也可以不用拉的，直接手動輸入）。以上整個過程如圖9-6。

　　6. 重複4到5步驟，分別產生「物理成績分組」的第2組、第3組，以此類推。

　　7. 過程中請在一張紙或另一個檔案上，記錄下轉換時，哪些數值對應到哪些類別，免得未來忘了（如50～59分被轉換成1，60～69分被轉換成2，以此類推）。

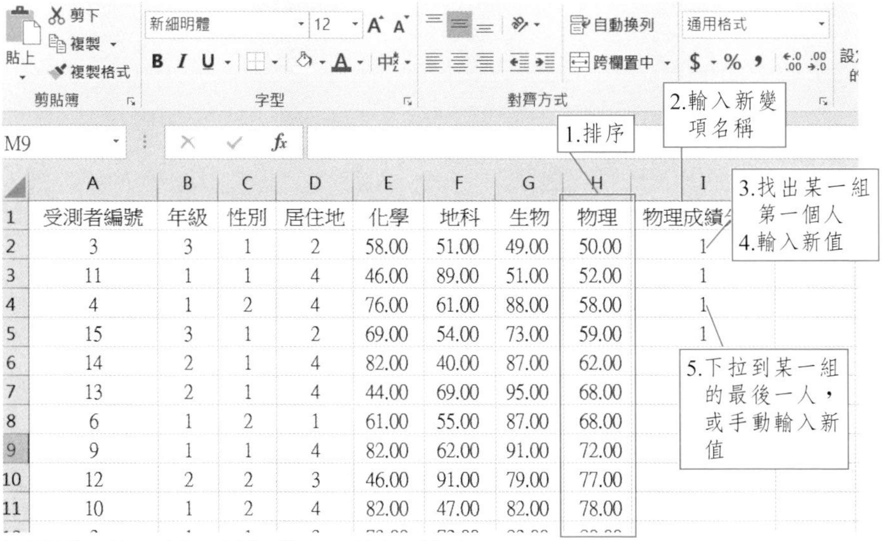

	A	B	C	D	E	F	G	H	I
1	受測者編號	年級	性別	居住地	化學	地科	生物	物理	物理成績
2	3	3	1	2	58.00	51.00	49.00	50.00	1
3	11	1	1	4	46.00	89.00	51.00	52.00	1
4	4	1	2	4	76.00	61.00	88.00	58.00	1
5	15	3	1	2	69.00	54.00	73.00	59.00	1
6	14	2	1	4	82.00	40.00	87.00	62.00	
7	13	2	1	4	44.00	69.00	95.00	68.00	
8	6	1	2	1	61.00	55.00	87.00	68.00	
9	9	1	1	4	82.00	62.00	91.00	72.00	
10	12	2	2	3	46.00	91.00	79.00	77.00	
11	10	1	2	4	82.00	47.00	82.00	78.00	

圖9-6 數量變項轉換為類別變項的步驟

9.8 類別變項的轉換——合併類別

有時，受測者回答的類別太多，我們可以合併類別。例如：我們詢問了受測者的手機品牌，有iPhone、三星、Sony、華碩、HTC等，我們想重新將這些品牌分為國產或國外品牌兩大類。或是像在示範資料中（Ch09A.xlsx）的居住地那個變項，受測者回答了1~4；若1=台北、2=桃園、3=台南、4=高雄，我們希望把居住地重新分類為北部（台北、桃園）與南部（台南、高雄），其中北部=1、南部=2；也就是本來居住地為1, 2（台北、桃園）的人，重新歸類在新變項中為1；本來居住地為3, 4（台南、高雄）的人，重新歸類在新變項中為2。其步驟如下：

1. 請利用本書「附錄A：Excel中一個變項的排序」指示，對居住地作排序。

2. 決定新類別要放在某一直欄，並在第一格輸入變項名稱。例如：我們預計重新分類的結果存在E這一欄，則在E1輸入一個好記的變項名稱，如「居住地重新歸類」。

3. 將第一位受測者，在對應的新類別上，填入新的分類數值。例如：排序後，第一位受測者的「居住地」為1（表示他住台北），則在他的「居住地重新歸類」變項的對應欄位（E2）上輸入1（歸類為住北部）。

4. 點擊E2那一格，放開，然後將滑鼠移到格子右下角，會看到游標呈現黑十字狀態，按左鍵不放，往下拉到包含所有「居住地」=1, 2的受測者（也就是住台北、桃園的所有人），你會發現所拉範圍內的受測者「居住地重新歸類」都出現1（都被歸為住北部=1）。你也可以不用拉的，直接手動輸入。

5. 重複3到4的步驟，直到將所有新變項資料全部做出來。以本例來說，我們還需要產生：「居住地」=3的人，「居住地重新歸類」=2（台南=南部）。「居住地」=4的人，「居住地重新歸類」=2（高雄=南部）。以上步驟如圖9-7。

6. 過程中請在一張紙或另一個檔案上，記錄下轉換時，哪些舊類別對應到哪些新類別，免得未來忘了（如居住地1, 2被轉換成1，居住地3, 4被轉換成2）。

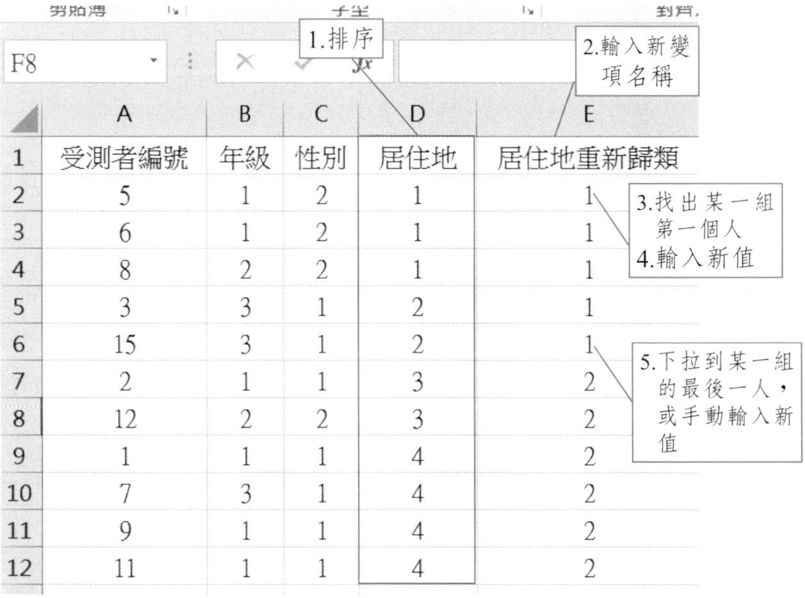

	A	B	C	D	E
1	受測者編號	年級	性別	居住地	居住地重新歸類
2	5	1	2	1	1
3	6	1	2	1	1
4	8	2	2	1	1
5	3	3	1	2	1
6	15	3	1	2	1
7	2	1	1	3	2
8	12	2	2	3	2
9	1	1	1	4	2
10	7	3	1	4	2
11	9	1	1	4	2
12	11	1	1	4	2

圖9-7 將類別變項合併的步驟

9.9 類別變項的轉換——產生新類別

有時我們需要合併多個類別變項，產生新的類別。例如：我們想知道不同性別與年級的高中生對教育的看法，於是調查了受測者就讀的年級（一、二、三）以及性別（男、女）。這兩個類別變項可以合併成高一男生、高一女生、高二男生、高二女生、高三男生、高三女生，總共六個類別，此時我們就需要製造新的類別變項。我們以示範資料（Ch09B.xlsx）中將性別、年級合併成一個新的變項為例，希望合併後的變項中，高一男生=1、高一女生=2、高二男生=3、高二女生=4、高三男生=5、高三女生=6。

1. 請利用本書「附錄B：Excel中多個變項的排序」指示，將年級、性別同時作排序。

2. 決定新類別要放在某一直欄，並在第一格輸入變項名稱。例如：我們預計重新分類的結果要存在D這一欄，則在D1輸入一個好記的變項名稱「年級合併性別」。

3. 將第一位受測者，在對應的新類別上，填入新的分類數值。例如：排序後，第一位受測者在「年級」＝1、「性別」＝1，表示他是一年級男生，則在他的「年級合併性別」對應欄位上（D2）輸入1（一年級男生）。

4. 點擊D2那一格，放開，然後將滑鼠移到格子右下角，會看到游標呈現黑十字狀態，按左鍵不放，往下拉到最後一個「年級」＝1、「性別」＝1的受測者，你會發現所拉範圍內的受測者「年級合併性別」都出現1（或是你也可以不用拉的，直接手動輸入）。

5. 重複3到4的步驟，直到將所有新變項資料全部做出來。以本例來說，我們還需要產生：「年級」＝1、「性別」＝2的人，他們的「年級合併性別」＝2。「年級」＝2、「性別」＝1的人，他們的「年級合併性別」＝3……以此類推。以上步驟如圖9-8。

6. 過程中請在一張紙或另一個檔案上，記錄下轉換時，哪些舊類別對應到哪些新類別，免得未來忘了（如一年級男生＝1，一年級女生＝2，以此類推）。

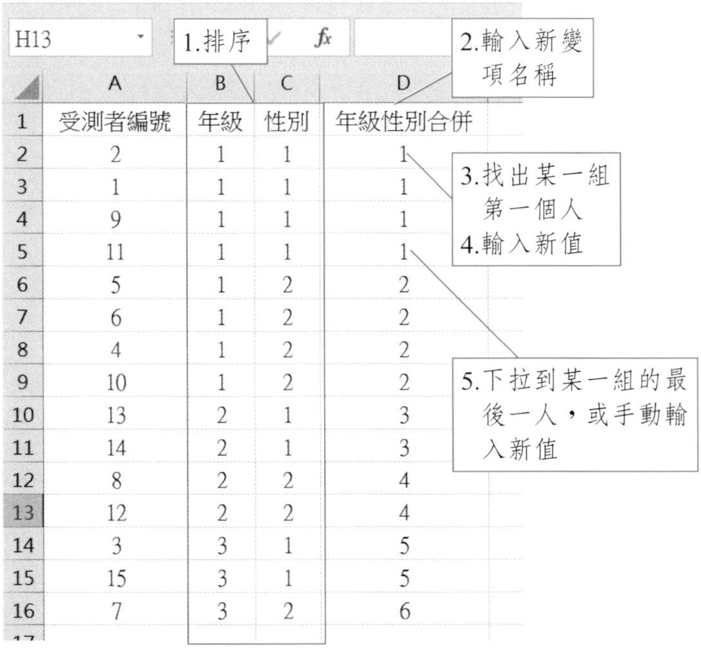

	A	B	C	D
1	受測者編號	年級	性別	年級性別合併
2	2	1	1	1
3	1	1	1	1
4	9	1	1	1
5	11	1	1	1
6	5	1	2	2
7	6	1	2	2
8	4	1	2	2
9	10	1	2	2
10	13	2	1	3
11	14	2	1	3
12	8	2	2	4
13	12	2	2	4
14	3	3	1	5
15	15	3	1	5
16	7	3	2	6

圖9-8　產生新類別的步驟

9.10 將非數字資料轉換為數字

前面提過，如果你是自行輸入資料，除了變項名稱之外，其它資料都應該以數字輸入才能進行後續分析。如果有某些原因（例如：你使用的是別人的資料），使得你的資料裡面包含了文字，那麼你可以利用Excel將文字資料轉換成數字資料。例如：範例檔Ch09C.xlsx中，居住地是文字資料，我們要把它轉換成數字，讓台北＝1、桃園＝2、台南＝3、高雄＝4。在 Excel中，你可以按照

以下步驟，將文字換成數字：

1. 先選取要置換的變項。例如：如果要將居住地中的文字換成數字，先點選「居住地」這一欄（表格上方D的位置），此時D一整行會呈現灰色。

2. 點擊上方的「常用」標籤。

3. 再點擊右方的「尋找與選取」，選擇「取代」，如圖9-9。

4. 出現對話框後，點擊「取代」標籤。

5. 接下來在第一個空白欄輸入要被取代的文字，第二個空白欄輸入數字。例如：在第一個空白欄輸入「台北」，第二個空白欄輸入「1」，如圖9-10。

6. 按「全部取代」，此時所有文字都會變成數字，例如：「台北」都變成「1」。

7. 重複3到6，但輸入不同文字與數字，直到完成所有轉換。

8. 過程中請在一張紙或另一個檔案上，記錄下你轉換時，哪些類別對應到哪些數字，免得未來忘了（如台北=1，桃園=2，以此類推）。

圖9-9 非數字資料轉換為數字的步驟（1-3）

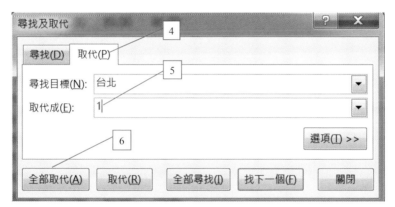

圖9-10 非數字資料轉換為數字的步驟（4-6）

////////////////////// 本章摘述 //////////////////////

1 在輸入資料時，要以數字的方式輸入，才方便後續的統計分析。

2 統計分析與整理需視變項的分類而定，變項可以分成類別變項與數量變項。

3 資料分析前的準備步驟，包括輸入資料、資料檢查與資料轉換。

4 資料輸入時應在問卷上編號，也要輸入問卷編號。這樣才可以追查與更正錯誤。

5 資料檢查是資料分析前不可或缺的步驟。最初步的資料檢查，是將變項排序，看看有沒有不適當的數值出現。

5 有時統計分析需要用到各種資料轉換；本書在未來讀者可能使用到時，會提醒讀者回頭使用各節的不同轉換方式。

進階主題——你可以Google看看

▷ 測量尺度
▷ 火星氣候探測者號失敗原因

本章習作

1. 進入中學生網站的小論文專區網頁，找一篇有興趣的實徵研究小論文，找到研究的變項，並將變項分類為類別變項或數量變項。

2. 本章所附習題資料 Ch09Ex1.xlsx，取自 TIMSS（跨國教育評比）2011 年調查，其中包含用三個問卷題目測量 200 位台灣八年級同學對於數學的態度。請依照 9.6 節的步驟，計算三個變項的平均，用來代

表同學對數學的喜愛程度。

3. 本章所附習題資料 Ch09Ex2.xlsx，取自 TIMSS 2011 年調查，其中包含 200 位台灣八年級同學的出生月分。這是個類別變項，請依照 9.8 節的步驟，製造出記錄出生季節的類別變項。

4. 本章所附習題資料 Ch09Ex3.xlsx，取自 TIMSS 2011 年調查，其中包含 200 位台灣八年級同學的化學、地科、生物與物理成績。這是四個連續變項，請選取其中一個變項，依照 9.7 節的步驟，將成績利用分數區間分組，由連續變項轉換成類別變項。

Chapter 10

資料分析 I ── 一次只分析一個變項

資料分析：一次只分析一個變項

在閱讀本章之前，請務必確定你已經閱讀過第九章的9.1至9.5，知道資料分析前該作的事了，才能開始進行本章的資料分析。在第九章中，我們把資料分析前的準備工作比喻成像作菜前要先洗菜、備料，現在我們可以開始作菜了。以下我們將說明如何將不同的材料作成一道好菜；我們會先介紹如何操作，接著會說明如何以圖與表呈現結果以及如何解釋結果，這樣才算完整的分析完資料。在這之前你要先知道，這一章講的是「一次只分析一個變項」的統計分析；第十一章講的是「一次分析兩個變項」的統計分析。所以你要先弄清楚你要回答的研究問題，是屬於哪一種，才知道你該使用這一章的統計方法，或該去第十一章。請先閱讀下面這10.1節。

10.1 一個變項的統計分析使用時機

資料分析前，你要先弄清楚自己有幾個變項。如果你不知道什麼是變項，請先閱讀「科學小學堂2-2」。本章討論一個變項時的統計分析。例如：「喜歡數學的人其性別比例如何？」這研究問題中只有性別一個變項，這就是一個變項的統計分析。而有時你想分析兩個變項之間的關係，例如：你有興趣「國文分數和數學分數的關係」，或是「不同性別學生喜歡數學的程度是否有差異」，這樣的問題都是在探討兩個變項之間的關係，此時就不適用本章，請直

接到第十一章。

　　為了確保你沒來錯地方，底下列出本章適用的狀況，你應該符合其中一項，才需要繼續往下讀：

　　1. 只打算分析一個變項，例如：「霍格華茲魔法學校的學生其性別比例如何？」這裡面只有性別一個變項。[1]

　　2. 打算分析兩個變項，但是不在意兩個變項的關係。例如：你想瞭解高中生的國文成績表現如何，以及數學成績表現如何（有國文成績和數學成績兩個變項），不過不打算探討國文成績和數學成績之間的關係。這時，你應該把國文成績和數學成績分別分析，以本章建議的方式分析兩次。同樣地，如果你想瞭解高中生的國文、數學、英文成績表現如何（有三個變項），但是不打算分析三者之間的關係。這時，你應該把國文、數學、英文成績分別分析，以本章建議的方式分析三次，以此類推。

　　3. 你有兩個或多個變項，但是這些變項要組成一個新變項，才代表預計要分析的東西。例如：你蒐集了高中生的物理成績與化學成績，不過不打算分開探討物理與化學，而打算將物理和化學合併成一個新的變項「理化成績」。此時，在分析之前，你應該先將兩個變項組合成一個（各種變項的組合、產生方式請參考9.6節、

---

[1] 霍格華茲魔法學校是系列小説《哈利波特》中，歐洲三大魔法學校之一。知名校友包括鄧不利多、哈利波特、湯姆瑞斗、顏志龍、鄭中平……我們希望能低調的過日子，請爲我們保守這個祕密。

9.9節，從中選擇你需要的方式），然後以本章所說的一個變項的方式去分析它。

如果你符合以上三種狀況之一，你來對地方了，歡迎繼續往下讀，否則表示你是想分析兩個變項的關聯，那麼請看第十一章。

確定你的研究問題是一個變項後，在分析前你得弄清楚它是「類別變項」或「數量變項」，以下我們說明之。

10.2 類別變項和數量變項的基礎統計

第九章中提到，「類別變項」和「數量變項」的統計方法不同。如果你不清楚什麼是類別變項、數量變項，請先回頭讀9.2節。

如果變項是「類別變項」，我們通常計算百分比。例如：「霍格華茲魔法學校的學生其性別比例如何？」因為性別是類別變項，我們會算出男、女生的次數，然後呈現霍格華茲魔法學校的男生占百分之幾、女生占百分之幾。如果變項是「數量變項」，我們通常計算平均數。例如：「高中生國文成績表現如何？」由於國文成績是數量變項，所以我們會算出國文成績的平均值，然後呈現高中生國文成績平均是多少分。「類別變項」計算百分比、「數量變項」計算平均數，這是在分析資料時很重要的觀念，本章所介紹的統計分析就是在這樣的基礎下進行的。

有了這樣的觀念後，我們就可以開始進行統計分析了。不過在分析前，我們建議你先回頭看看第九章的9.5節，看看是不是有需要進行資料的轉換。在確認所有該作的前置作業都完成了，才開始進行資料分析。以下10.3至10.4節介紹類別變項的統計分析，10.5至10.6節介紹數量變項的統計分析；請依個人需求使用。在本書中我們使用的是Office 365版本的Excel，如果你的Excel版本不同，Google一下，應該都可以找到對應的操作方法。而以下所有操作的範例檔都可以下載，下載方式請見本書的封底。

10.3 一個「類別」變項：統計分析

一個類別變項的統計分析，通常是計算每一個分類在資料中的出現次數，然後換算成百分比（比率）。在範例Ch10A.xlsx中，包含了21位高中生喜歡的飲料，而飲料包括牛奶、果汁與其它等三種類別（分別記錄為1、2、3），因此是類別變項。在進行類別變項的統計分析時，我們要先計算受測者選擇牛奶、果汁與其它的次數，然後把次數換算為百分比。

1. 請利用本書「附錄A：Excel中一個變項的排序」指示，對「喜歡的飲料」作排序。排序結果應該會如圖10-1那樣，此時喜歡的飲料會是由小到大排序的。

2. 選取同一類別的資料，例如：選取所有的「1」（牛奶）。

3. 此時可以看到工作表右下會幫忙計算「項目個數」，如圖10-1，在此例中是九個。

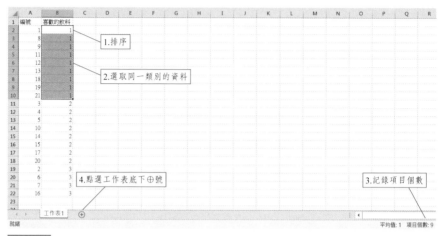

圖10-1

4. 點選工作表底下＋號，產生新工作表，如圖10-2那樣，在新工作表中記錄類別名稱及次數。

5. 重複2到3，直至所有類別次數都記錄完畢。在操作時，畫面左下方的「工作表1」、「工作表2」標籤，可以讓你切換所需頁面。

6. 在新工作表中製造「百分比」這個新變項。在百分比的第二格，輸入「＝B2/21」，如圖10-3。在這邊B2指的是牛奶的次數所在的那個欄位，21是總次數，所以將次數除以21，就可以得到喜歡某一種飲料的百分比。要記得把21換成你資料的總次數。

7. 點擊剛才輸入公式那一格（B2），放開，然後將滑鼠移到格子右下角，會看到游標呈現黑十字狀態，按左鍵不放，往下拉到和次數平行的最後一格，就可以看到所有類別的百分比了。

	A	B	C
1		次數	
2	牛奶	9	
3	果汁	8	
4	其它	4	
5			
6			
7			
8			
9			
10			
11			
12			
13			
14			
15			
16			
17			
18			

工作表1　工作表2

圖10-2

C2　　　　✕　✓　*fx*

	A	B	C
1		次數	百分比
2	牛奶	9	=B2/21
3	果汁	8	
4	其它	4	
5			

圖10-3

10.4 一個「類別」變項：結果呈現

1. 作完統計分析，要把分析結果以易懂的方式呈現。我們通常會將統計結果以表格與圖呈現，以幫助讀者理解。我們可以將結果編寫為表格，呈現各類別的次數與百分比。注意，次數一定是整數，不需要小數點；百分比可能包含小數，你可以取一到兩位小數。如表10-1。

表10-1 高中生喜歡的飲料種類

	次數	百分比
牛奶	9	42.86%
果汁	8	38.10%
其它	4	19.05%
總計	21	100.00%

2. 繪製統計圖。對於類別變項，我們比較在意百分比，因此我們利用百分比來繪圖。

(1) 選取畫圖所需要的資料範圍（如圖10-4中，由A1到C4包含了所有資料範圍）。

(2) 點選「插入」。

(3) 選取「建議圖表」。

(4) 在建議圖表中，選取比較合適的一個。如果沒有想法，先選第一個，然後按「確定」，如圖10-4。

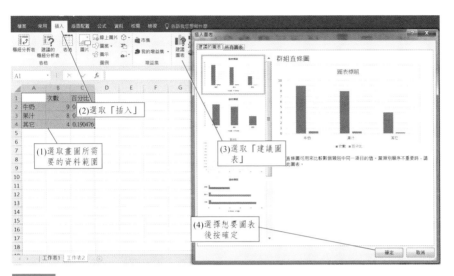

圖10-4

(5) 圖會出現在工作表中。快速點擊「圖表標題」，並在上面輸入你對這張圖的命名。在此，我們命名為「喜愛飲料比率長條圖」，如圖10-5。

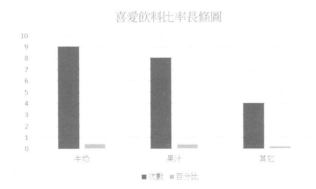

圖10-5

(6) 接下來我們要隱藏次數的資料，讓圖中只剩下百分比資料。在圖中空白處（一定要是空白處）按滑鼠右鍵，點選「選取資料」，如圖10-6。

(7) 你會看到如圖10-7，其中「次數」前有打勾，將此打勾取消，然後按「確定」。你會發現，圖中只顯示比率的資料了。

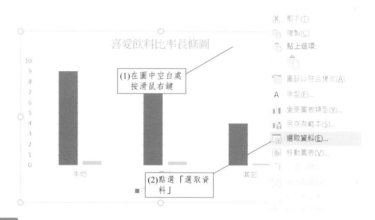

圖10-6

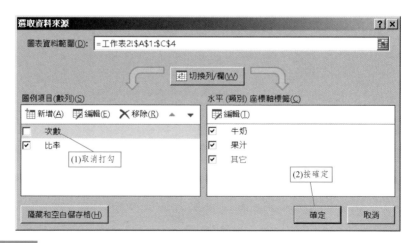

圖10-7

(8) 更動圖形細節。Excel畫出來的表格，有時會文字過小，或是圖形配色不佳。以滑鼠雙擊相關部分、或是選取相關部分後，就可以進行調整，你可自己試試畫出最符合你需要的圖。請務必更動字型，設定為適當字型、顏色與大小。字型大小以 16 為原則，視字數多寡略放大或縮小；顏色部分，如果未來印出時是黑白，最好改為黑白，印出時的顏色會更符合你的預期。以上設定都可以利用滑鼠雙擊你想要更動的相關部分，然後搭配右鍵，或是利用上方「常用」標籤的變更字型大小、顏色等方式進行處理。

3. 完成的圖，只要在圖上的空白處（一定要是空白處）按右鍵，選取「複製」，就能貼到你的論文中。

4. 多試幾種表達方式，選擇其中較適當的。畫圖很難一次就畫好，你應該多試試幾次，看看哪一個最能表達你想要呈現的資訊。在圖形空白處點選右鍵，會有一個「變更圖表類型」選項（如圖10-8）。你可以繪製不同圖表，例如：同一份資料可以繪製長條圖或圓餅圖（如圖10-9），然後從中選擇其中一張呈現在論文中。

以上就是類別資料的分析和呈現，有了這些分析結果，你就可以在論文中書寫並解釋這些結果了。例如：「喜歡牛奶的高中生最多，占42.86%；其次是果汁，占38.10%；再其次則為其它，占19.05%。」此外，用不同的書寫方式來呈現類別變項的分析結果，有時也能帶來不錯的效果，這部分請參考【科學小學堂10-1】。

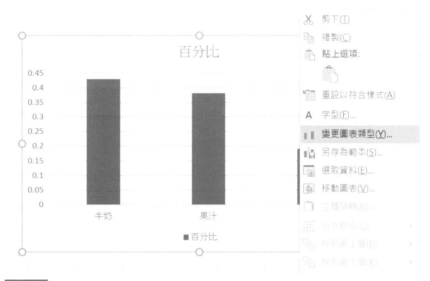

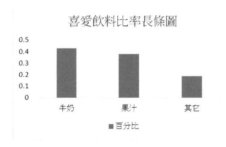

科學小學堂 10-1

類別變項分析結果的文字敘述

統計結果常常是一堆生硬的數字，呈現資料時，我們要讓統計結果由生硬的數字，變成可以理解的內容。有一些方法可以讓數字產生容易理解的意義。

我們可以把百分比變成日常生活中常用的約數，會讓數字變的比較容易消化。例如：相較於66.67%，三分之二容易理解多了。因此我們可以依照下列方式，將數字換成文字。(1)將百分比換成分子是一的分數。例如：一半、三分之一、百分之一等。(2)將百分比換成分母是十的分數，我們會用「成」來形容。例如：三成、六成等。(3)將百分比換成分母在五以內的分數。例如：三分之二、四分之三等。

依據上述原則，在呈現數據時，同時搭配一些形容詞會讓數據更易理解。例如：我們可以「近六成」描述59%、以「略高於六成」描述61%，以此類推。因此，如果有57%高中生希望學校開放麥當勞外送，你可以比較看看以下句子呈現出的感覺。

「57%的高中學生，希望學校開放麥當勞外送。」

「近六成（57%）高中學生，希望學校開放麥當勞外送。」

「過半（57%）高中學生，希望學校開放麥當勞外送。」

將百分比和其它數字對比，也可以讓數字有意義。例

如：如果有62%高中生贊成學校開放麥當勞外送，38%高中生
反對，我們可以這樣形容：

　　「支持（62%）與不支持（38%）學校開放麥當勞外送的
比率，差距約在二成四。」

　　「支持學校開放麥當勞外送的比率（62%），比不支持比
率（38%）高了兩成以上。」

　　你也可以把你自己的資料和別人的資料作對比。這可以
是相同主題的過去研究，或是相同主題的不同群體（不同年
紀、不同國家等），也可以是類似的主題。例如：

　　「支持開放麥當勞外送的比率（57%），是五年前調查
（37%）的一倍半以上。」

　　「支持開放麥當勞外送的比率（57%），僅為國中生
（71%）的八成。」

　　「支持開放麥當勞外送的比率（57%），比支持開放出校
外食的比率（32%）多了兩成以上。」

　　藉由上述的方式來呈現分析結果，可能更容易被理解，
也會更有趣喔！

10.5 一個「數量」變項：統計分析

　　一個數量變項的統計分析，通常是計算平均數。平均數是很
基礎的統計數據，不過一個變項就只有一個平均數，如果只呈現平

均數，感覺有些單調。就像是顧客到店裡只點了清蒸魚，好吃是好吃，不過不太下飯，飯店如果招待個一魚兩吃，應該會賓主盡歡。同理，我們建議你除了計算平均數，可以再將數量變項依照數值分組，變成新的類別變項，然後搭配一個類別變項的分析，這樣會呈現更豐富的訊息（以下我們會詳細說明如何作）。

在範例Ch10B.xlsx中，包含了21位高中生的體質指數（BMI）。[2]在這個例子中，我們可以只計算受測者 BMI 的平均數，然後呈現在論文中；如果嫌這樣太單調，也可以利用 BMI 製造新的類別變項，再做類別變項的分析。

1. 選取要分析的數量變項（例如：BMI）的所有資料。

2. 此時可以看到工作表右下，會呈現「平均數」，在此例中平均數是19.57（如圖10-10）。請把這平均數記下來。

3. 如果你覺得在論文中呈現平均數即可，那麼作到這裡就好，不必往下作。如果你希望能呈現更豐富的訊息，請往下作。

4. 將數量變項變成類別變項。請參考9.7節（將數量變項轉換為類別變項）。在此例，我們將 BMI 分為三組，分別是低於18、19-21、高於21，於是你應該會得到如圖10-11的結果。

---

[2] BMI 是受測者的體重（公斤數）除以身高（公尺）的平方，用來簡單地表示受測者的胖瘦程度⋯⋯千萬別問我們的 BMI 是多少，我們會翻臉。

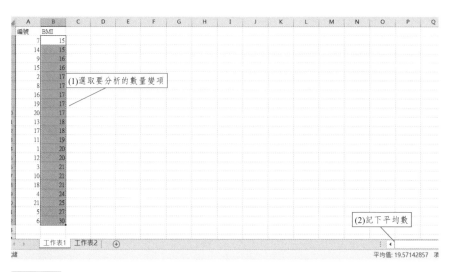

圖10-10

	A	B	C	D	E
1	編號	BMI	BMI分組		
2	7	15	1		
3	14	15	1		
4	9	16	1		
5	15	16	1		
6	2	17	1		
7	8	17	1		
8	16	17	1		
9	19	17	1		
10	20	17	1		
11	13	18	2		
12	17	18	2		
13	11	19	2		
14	1	20	2		
15	12	20	2		
16	3	21	2		
17	10	21	2		
18	18	21	2		
19	4	24	3		
20	21	25	3		

工作表1　工作表2　⊕

圖10-11

5. 請參考10.3節（一個類別變項的統計），計算類別變項次數與百分比。在此例中，你應該會得到如圖10-12的結果。

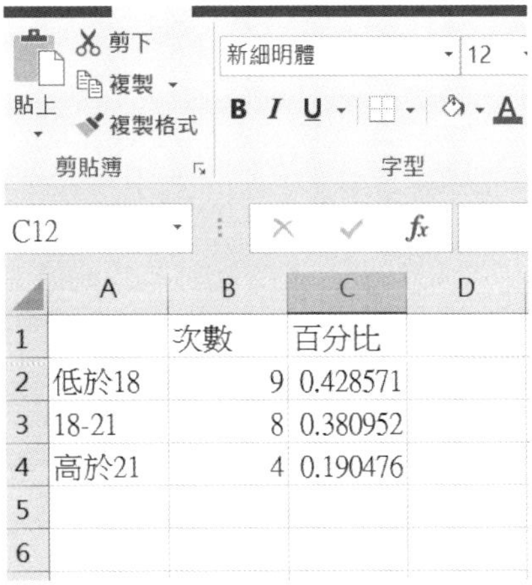

	A	B	C	D
1		次數	百分比	
2	低於18	9	0.428571	
3	18-21	8	0.380952	
4	高於21	4	0.190476	
5				
6				

圖10-12

10.6 一個「數量」變項：結果呈現

作完統計分析，要把分析結果以易懂的方式呈現並適當解釋，以幫助讀者理解。我們通常會將統計結果以表格與圖呈現，以幫助讀者理解。

1. 如果你只有一個平均數，那麼不需要呈現表格。如果你有多個平均數，那麼可以用表格的方式，將多個平均數用表格呈現出來。例如：表10-2呈現國文、英文、數學之平均數。由於平均數可能包含小數，你可以取一到兩位小數。

表10-2　高中生學業平均

項目	平均數
國文	82.11
英文	75.43
數學	73.67

2. 如果在10.5節中，你有作變項的分組，那麼也可以用表10-3的方式，呈現數量變項的平均數，以及轉換成類別變項後各類別的次數與百分比。注意，次數一定是整數，不需要小數點；百分比包含小數，你可以取一到兩位小數。此外，你也可以進一步用10.4節中的繪圖方式把圖畫出來。

表 10-3　高中生體質指數（BMI）的分布情形與平均數

BMI	次數	百分比
低於18	9	42.86%
19-21	8	38.10%
高於21	4	19.05%
平均	19.57	

以上就是數量變項的分析和呈現，有了這些分析結果，你就可以在論文中書寫並解釋這些結果了。例如：「21位高中生的BMI平均值為19.57。」（果然是青春無敵啊！）或是「BMI低於18的高中生占42.86%；介於19～21之間的占38.10%；高於21的占19.05%。」此外，用不同的書寫方式來呈現數量變項的分析結

果，有時也能帶來不錯的效果，這部分請參考【科學小學堂10-2】。

科學小學堂 10-2

數量變項分析結果的文字敘述

　　數量變項的分析結果可以只呈現平均數，或是進一步轉換成類別變項的百分比。轉換成類別變項的分析結果解釋，請參考 【科學小學堂10-1】，這邊集中討論平均數的解釋。有些方法可以讓平均數變得更容易理解。

　　當數量變項本身的單位常用於日常生活時，找到適當比喻，就很能讓讀者有感覺。例如：盔甲巨人身高十五公尺。[3]與其說盔甲巨人身高十五公尺，不如說大約高五層樓，讓人更可以想像這個身高。同樣地，與其說超大型巨人身高六十公尺，不如說高二十層樓，或是和總統府中央塔差不多高。以本章範例的BMI來說：知道了林志玲的BMI是17.5，江南大叔的BMI是24.4，就會對 BMI 的數值比較有感覺。[4]

---

[3] 盔甲巨人與超大型巨人都出自於「進擊的巨人」，這是一本靠劇情取勝的漫畫。

[4] 明星的身高通常會公開，但體重不容易查到，也會變動，所以據此算出來的 BMI 不一定準。在此是以 1.74 公尺、74 公斤計算江南大叔的 BMI，而以 1.74 公尺、53 公斤計算林志玲的 BMI。

　　一般問卷中的選項，也可以用來對照平均數。例如：你用四點量表蒐集同學對學校餐飲的滿意程度，選項分別是「非常不滿意」、「不滿意」、「滿意」與「非常滿意」，而你把他們用1到4計分，如果平均數是3，你可以說平均數相當於「滿意」。

　　將平均數和其它數字對比，也可以讓數字有意義。試著找到相同主題的過去研究，或是相同主題的不同群體（不同年紀、不同國家等），或是類似的主題，用來對比你自己的資料。例如：

　　「高中生滿意學校服裝規定的程度，比五年前調查還高（4.2對3.9），在五點量表上相差0.3。」

　　「台灣高中生滿意學校服裝規定的程度，略低於美國高中生（4.2對4.6），在五點量表上相差0.4。」

　　「高中生滿意學校服裝規定的程度，與對學校餐飲的滿意程度差不多（4.2對4.3）。」

　　這邊要特別提醒，你用來對比的別人的研究，必須也是五點量表，同時也用1到5的方式計分。

本章摘述

1 分析資料前，你必須先知道自己一次只想要分析一個變項，或想要探討多個變項之間的關係。一次只分析一個變項使用本章的方法，探討多個變項則要用第十一章的方法。

2 通常類別變項的統計方式是計算百分比，數量變項的統計方式是計算平均數。

3 統計結果的呈現包括表與圖。無論是表或圖，可以多嘗試幾種表達方式，選擇較好的方式呈現。

4 解釋統計結果就是讓數據有意義。我們可以透過將數據對應到日常生活已知的事物，或是對比其它情形下的數據，讓數據更容易理解。

進階主題 —— 你可以Google看看

▷ 集中趨勢
▷ 標準差
▷ 統計圖表
▷ 資料視覺化
▷ 萬惡圓餅圖

本章習作

1. 本章所附習題資料 Ch10Ex1.xlsx，取自 TIMSS（跨國教育評比）2015 年調查，其中包含 200 位台灣八年級同學家中的藏書量。這是個類別變項，其中數字的 1 到 5，依序表示「10 本以下」、「11 到 25 本」、「26 到 100 本」、「101 到 200 本」與「200 本以上」。請依照 10.3 到 10.4 節的步驟進行分析。

2. 本章所附習題資料 Ch10Ex2.xlsx，取自 TIMSS 2015 年調查，其中包含 200 位台灣八年級同學的化學、地科、生物與物理成績。這是四個數量變項，請選取其中一個變項，依照 10.5 到 10.6 節的步驟進行分析。

3. 找到一則有百分比的新聞，並運用【科學小學堂 10-1】的方式，描述這則新聞中的百分比。

4. 找到一則有平均數的新聞，並運用【科學小學堂 10-2】的方式，描述這則新聞中的平均數。

5. 在 Google 中，搜尋「政府資料開放平台」，找到一個你有興趣的類別變項，依照 10.3 到 10.4 節的步驟進行分析。

6. 在 Google 中，搜尋「政府資料開放平台」，找到一個你有興趣的數量變項，依照 10.5 到 10.6 節的步驟進行分析。

Chapter 11

資料分析 II ——
一次分析兩個變項

資料分析──一次分析兩個變項

　　在閱讀本章之前，請務必確定你已經閱讀過第九章的9.1至9.5節，知道資料分析前該作的事了，才能開始進行本章的資料分析。我們會先介紹如何操作，接著會說明如何以圖與表格呈現結果以及如何解釋結果，這樣才算完整的分析完資料。如果你讀過第十章，可能會有一種：「咦？這段看起來很熟悉？」的感覺。這是因為本書預設讀者可以依資料的性質，跳過第十章，直接讀第十一章；因此一些資料分析的共通重要原則，我們在第十章和第十一章都會重複提到。因為無論是分析一個變項（第十章）或是兩個變項（本章），資料分析前要作的事都是一樣的，就像是作小菜或是大菜、洗菜跟切菜的準備功夫是省不下來的。

　　或許你已經蒐集好資料，很想趕快分析完，看到結果，不過在往下看之前，你要先知道，這一章講的是「一次分析兩個變項」的統計分析；第十章講的是「一次只分析一個變項」的統計分析。所以，要先弄清楚你要回答的研究問題，是屬於哪一種，才知道你該使用這一章的統計方法，或該去第十章。請先閱讀下面11.1節到11.3節，確認你該作的分析以及你該去的章節。

11.1 兩個變項的統計分析使用時機

　　資料分析前，你要先弄清楚自己有幾個變項。如果你不知道什麼是變項，請先閱讀「科學小學堂2-2」。本章討論兩個變項時的統計分析。例如：「國文成績和數學成績是否有關聯？」這研究問題中包括「國文成績」和「數學成績」兩個變項，這就是兩個變項的統計分析。或是，「台北和台南的食物，哪一個比較甜？」這問題包括了「不同城市」和「甜的程度」，也需要兩個變項的統計分析。如果你有興趣高中生的國文成績和數學成績，但並不想探討兩個科目之間的關係；或是你只對台南食物甜的程度感興趣，不想去比較不同城市的差異，那麼你的問題就是一個變項的分析，此時就不適用本章，請左轉離開到第十章。

　　為了確保你沒來錯地方，底下列出本章適用的狀況，你應該符合其中一項，才需要繼續往下讀：

　　1. 打算分析兩個變項，而且，你在意兩個變項的關係。例如：你想瞭解高中生的國文成績表現與數學成績表現間的關係，是不是國文好的人，數學也好；或是國文好的人，數學反而不好，這就是在意變項之間的關係。請注意，不是有兩個變項就可以使用本章的分析，你必須有興趣兩者間的關係。如果你在意高中生的國文成績，也在意他們的數學成績，但不在意國文和數學之間的關聯，那麼你應該使用第十章的統計方法，不應該用本章的統計方法。

　　2. 打算分析多個變項，而且在意兩兩變項間的關係，這算是

狀況 1 的延伸。例如：你想瞭解高中生的國文、數學、英文、理化，四科中兩兩間的關係。因為四科中兩兩關係有六個（C4取2），這時，你應該應用本章的方法六次，每次分析取出兩個（國文vs.數學、國文vs.英文……，以此類推，分析六次）。

3. 在意某一變項的不同組人，在另一變項上的表現是否有差異。例如：你想瞭解男、女高中生在國文成績上是否有差異；這等同於在說「性別和國文成績是否有關係」。這時，你應該使用本章的方法去分析性別和國文成績之關係。同理，如果你想知道男、女高中生在國文、英文、數學三個科目的成績上是否有差異；這時，你應該使用本章的方法三次，分別去分析「性別 vs. 國文」、「性別vs.英文」、「性別vs.數學」之關係（此時，建議你回頭閱讀【科學小學堂2-1】「關係」和「差異」是同一件事）。

如果你符合以上三種狀況之一，你來對地方了，歡迎繼續往下讀，否則表示你應該是一次只想分析一個變項，那麼請看第十章。如果你發現被作者由本章趕到第十章，又從第十章趕回本章，繞來繞去覺得「你搞得我好亂呀！」；[1]請先仔細澄清你的問題，再看一次第十章與第十一章的適用情境。如果仔細澄清後，你發現還是不適用第十章與第十一章，這表示你想作的分析太過複雜，可能超出了你目前的能力範圍，建議你找指導老師好好討論，簡化你的研究問題，讓它適用於第十章或第十一章的方法。

---

[1] 「你搞得我好亂呀！」為電影《功夫》中的經典台詞。

確定你的研究問題是兩個變項的分析後，在分析前你得弄清楚這兩個變項是「類別變項」或「數量變項」，以下我們說明之。

11.2 類別變項和數量變項的基礎統計

第九章中提到，「類別變項」和「數量變項」的統計方法不同。如果你不清楚什麼是類別變項、數量變項，請先回頭讀9.2節。

如果變項是「類別變項」，我們通常計算百分比。例如：「高中生最喜歡的科目」因為科目是類別變項，我們會算出喜歡數學、喜歡社會等不同科目的次數，然後呈現喜歡數學的高中生占百分之幾、喜歡社會的占百分之幾。如果變項是「數量變項」，我們通常計算平均數。例如：「高中生對蛋堡的喜歡程度如何？」由於喜歡程度是數量變項，所以我們會算出喜歡程度的平均值。「類別變項」計算百分比、「數量變項」計算平均數，這是分析資料時的基本作法，本章所介紹的統計分析就是在這樣的基礎下進行的。

11.3 決定參照變項

在兩個變項的統計分析中，我們要先選定其中一個變項，當作參照變項。統計分析與結果的解釋，都圍繞在參照變項中各類別的比較，例如：「男生和女生在體重上是否有差異」，此時性別就是參照變項，因為我們是想去比較不同性別的人在體重上是否有差

異；又或者你想知道「數學好和數學不好的人，在物理成績上是否有差異」，此時數學成績就是參照變項，因為我們是想去比較數學成績不同的人在物理成績上是否有差異。在分析資料前，你要先決定一個變項作為參照變項；而參照變項的決定方式，是將你的研究興趣表達為「本研究要比較不同的X的人，Y的差異」的形式，分別把兩個變項放在X和Y的位置，看看哪一種放法是你的研究興趣，或是解釋起來比較合理。選定後，被放在X的，就是參照變項。

舉例來說，我們有興趣不同社團與飲料喜好的關聯。我們可以試試看：

「本研究要比較不同社團的人，飲料喜好的差異」（句子甲）
「本研究要比較不同飲料喜好的人，社團的差異」（句子乙）

你可以比較看看，句子甲和句子乙，哪一個比較接近你想要探討的現象。如果認為句子甲比較接近你的研究興趣，社團就是參照變項。如果認為句子乙比較接近你的研究興趣，那喜愛的飲料就是參照變項。通常我們會把可以用來將人分類的變項，當成參照變項，例如：性別、居住地、年級等。因此，在這個例子中將社團當作參照變項比較自然。

又如，如果你有興趣身高和體重的關聯，因此，你試試看底下兩個句子：

「本研究要比較不同身高的人，體重的差異」

「本研究要比較不同體重的人，身高的差異」

你可以用身高為參照變項（高的人和矮的人，體重是否有差異），或是以體重為參照變項（重的人和輕的人，身高是否有差異）；就看你的研究更想從哪個角度看問題。

簡而言之，本章介紹的是兩個變項的資料分析方法；我們在此稱這兩個變項為A和B，你要依據你的研究興趣，先從A和B中選擇一個當作參照變項，然後依下列原則決定你要用哪一種統計方法：

1. 當A和B都是類別變項時。請選擇一個當參照變項，然後使用11.4節與11.5節的統計分析與結果呈現。

2. 當A和B都是數量變項時。請選擇一個當參照變項，然後參考9.7節，把這個參照變項作分組，接著使用11.6節與11.7節的統計分析與結果呈現。[2]

3. 當A和B其中一個是類別變項、另一個是數量變項，則：

(1) 類別變項是參照變項時，請參考11.6節與11.7節的統計分析與結果呈現。

(2) 數量變項是參照變項時，先參考第九章的9.7節，把這個參

---

[2] 當兩個變項都是數量變項時，其實不必把變項分組，也可以進行統計分析，只是這類的統計方法對高中生來說可能較難，因此我們在本書中並不討論它。

照變項作分組，接著參考11.4節與11.5節的統計分析與結果呈現。

在這邊我們為你整理一個圖（見圖11-1），方便你知道自己該選擇何種統計。

有了這樣的觀念後，我們就可以開始進行統計分析了。不過在分析前，我們建議你先回頭看看第九章的9.5節，看看有沒有需要進行資料的轉換。在確認所有該作的前置作業都完成了，才開始進行資料分析。在本書中我們使用的是Office 365版本的Excel，如果你的Excel版本不同，Google一下，應該都可以找到對應的操作方法。而以下所有操作的範例檔都可以下載，下載方式請見本書的封底。

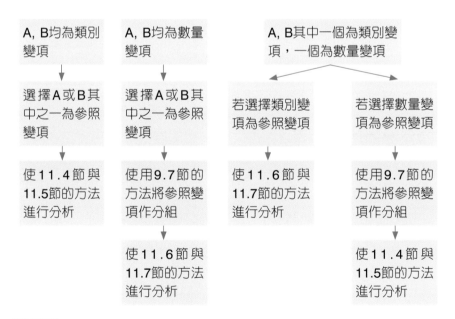

圖11-1　本章各小節使用時機

11.4 兩個「類別」變項：統計分析

在使用以下分析方法前，請務必確認你已經讀過11.1至11.3節了；否則請前往這三節，確認你是否該使用這小節中的分析方法。這邊我們介紹兩個類別變項的統計；例如：「不同性別的人（類別變項）喜歡的飲料（類別變項）是否有差異？」、「居住地（類別變項）和會不會講台語（類別變項）是否有關？」前面提到類別變項的基本統計分析，就是計算百分比。在兩個類別變項時，就是計算在參照變項的各類中，在另一個變項各類別出現的百分比。

以本章範例資料**Ch11A.xlsx**為例，其中包含了21位高中生的性別與喜歡的飲料，性別包含男、女（依序記錄為1、2），而飲料包括牛奶、果汁與其它等三種類別（分別記錄為1、2、3），這是兩個類別變項。

在本次分析中，我們將參照變項設為性別，然後計算男生喜歡牛奶、果汁與其它的百分比；並計算女生喜歡不同飲料的百分比。

1. 請利用本書「附錄B：Excel中多個變項的排序」指示，「排序方式」選擇參照變項，「次要排序方式」選擇另一個變項。以本例來說，「排序方式」要選性別，「次要排序方式」選「喜歡的飲料」。排序結果應該會如圖11-2那樣。

2. 在主要類比變項類別固定下，選取次要變項連續為同一種數字組合的資料，例如：在性別為「1」下，選取所有喜歡飲料為

「1」者（牛奶）。

3. 此時可以看到工作表右下會幫忙計算「項目個數」，如圖11-2，在此例中是三個；這表示性別為1的（男生），有三個人喜歡的飲料為1（牛奶）。

4. 點選工作表底下⊕號。

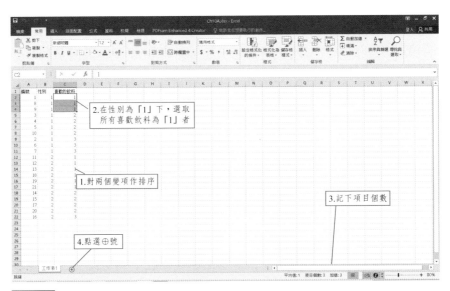

圖11-2

5. 此時會產生新工作表；在新工作表中記錄類別名稱及次數，如圖11-3那樣。請注意，左邊放參照變項（例如：男、女），上方放另一個變項（例如：牛奶、果汁、其它）。

6. 重複2到5，直到所有類別次數都記錄完畢（例如：在性別為「1」下，喜歡飲料為「2」的人數；在性別為「1」下，喜歡飲料為「3」的人數；以此類推）。在操作時，畫面左下方的「工作

表1」、「工作表2」標籤，可以讓你切換所需頁面。

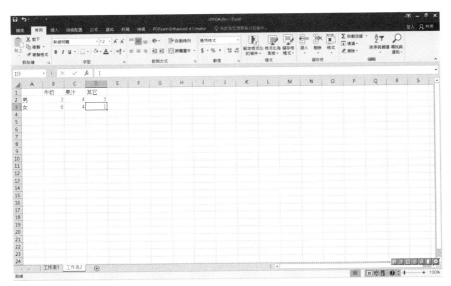

圖11-3

7. 根據次數計算百分比。在剛剛的次數旁邊，製造一個類似的表格，但表格中先是空白的。在男生和牛奶交會的那個格子，輸入「＝B2/10」，如圖11-4。在這邊B2指的是男生中喜歡牛奶的次數所在的那個欄位名稱，10是男生的總次數；將男生中喜歡牛奶的次數除以男生總次數10，就是男生中喜歡牛奶的百分比。請注意，10是男生資料中，喜歡各種飲料的次數和（3＋4＋3＝10），女生則是要除以11（6＋4＋1＝11）。要記得把分母換成你資料的次數。

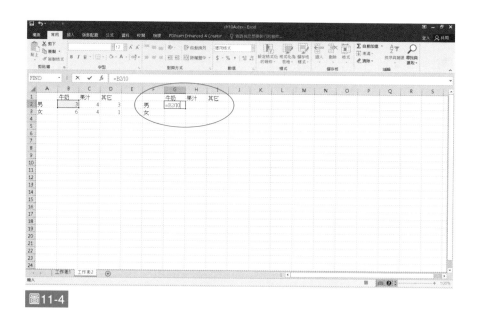

圖11-4

8. 點擊剛才輸入公式那一格（B2），放開，然後將滑鼠移到格子右下角，會看到游標呈現黑十字狀態，按左鍵不放，往右方拉到男生的最後一格，就可以看到男生所有類別的百分比了。

9. 重複上述7, 8兩個步驟，你可以產生女生喜歡飲料的各個百分比。

11.5 兩個「類別」變項：結果呈現

1. 作完統計分析，要把分析結果以易懂的方式呈現。我們通常會將統計結果以表格與圖呈現，以幫助讀者理解。我們可以將結果編寫為表格，呈現各類別的次數與百分比。注意，次數一定是

整數，不需要小數點；百分比可能包含小數，你可以取一到兩位小數。如表11-1。

表11-1　不同性別高中生喜歡的飲料種類

	次數			百分比		
	牛奶	果汁	其它	牛奶	果汁	其它
男生	3	4	3	30.00%	40.00%	30.00%
女生	6	4	1	54.55%	36.36%	9.09%

2. 繪製統計圖。對於類別變項，我們比較在意百分比，因此我們利用百分比來繪圖。

(1) 選取畫圖所需要的百分比範圍（如圖11-5中，由 G1到 I3 包含了所有資料範圍）。

(2) 點選「插入」。

(3) 選取「建議圖表」。

(4) 在建議圖表中，選取比較合適的一個。如果沒有想法，先選第一個，然後按「確定」，如圖11-5。

(5) 圖會出現在工作表中。快速點擊「圖表標題」，並在上面輸入你對這張圖的命名。在此，我們命名為「男女高中生喜愛的飲料比率」，如圖11-6。

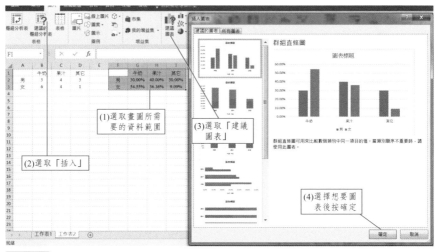

圖11-5

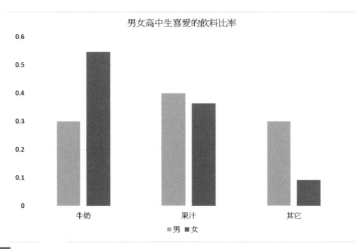

圖11-6

　　(6) 更動圖形細節。Excel 畫出來的表格，有時會文字過小，或是圖形配色不佳。以滑鼠雙擊相關部分、或是選取相關部分後，就可以進行調整，你可自己試試畫出最符合你需要的圖。請務必更動字型，設定為適當字型、顏色與大小。字型大小以 16 為原則，視字數多寡略放大或縮小；顏色部分，如果未來印出時是黑白，最好改為黑白，印出時的顏色會更符合你的預期。以上設定都可以利用滑鼠雙擊你想要更動的相關部分，然後搭配右鍵，或是利用上方「常用」標籤的變更字型大小、顏色等方式進行處理。

　　3. 完成的圖，只要在圖上的空白處（一定要是空白處）按右鍵，選取「複製」，就能貼到你的論文中。

　　4. 多試幾種表達方式，選擇其中較適當的。畫圖很難一次就畫好，你應該多試試幾次，看看哪一個最能表達你想要呈現的資訊。在圖形空白處點選右鍵，會有一個「變更圖表類型」選項，點擊它之後會有很多不同圖表讓你選擇（如圖11-7）。你可以繪製不同圖表，在兩個類別資料的分析中，同一份資料可以有不同分組方式（如圖11-8），你應該從中選擇一張比較能呈現差異的圖，呈現在論文中。例如：圖 11-8 的左圖比較容易看出同一款飲料中，男、女生喜好百分比差異；右圖則是看出在一個性別中，喜好不同飲料百分比的差異。

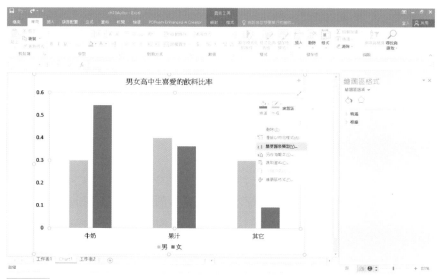

圖11-7

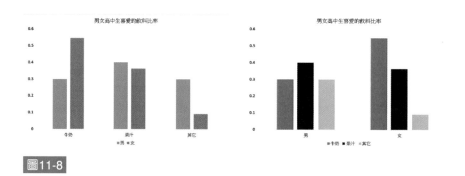

圖11-8

　　以上就是類別資料的分析和呈現，有了這些分析結果，你就可以在論文中書寫並解釋這些結果了，至於該如何用文字呈現這些分析結果，請參考【科學小學堂11-1】。

 科學小學堂 11-1

兩個類別變項分析結果的文字敘述

呈現兩個類別變項分析結果時，有兩個方式。此時請你務必對照表11-1。

一、你可以呈現橫向的結果，例如：「男生中喜歡果汁的人最多（40%），喜歡牛奶（30%）和其它（30%）的人次之。女生中喜歡牛奶的人最多（54.55%）、喜歡果汁的次之（36.36%）、喜歡其它的最少（9.09%）。」

二、你也可以呈現縱向的結果，例如：「喜歡牛奶的女生比率（54.55%）多於男生（30%）；喜歡果汁的男生（40.00%）比率多於女生（36.36%）；喜歡其它的男生（30.00%）比率多於女生（9.09%）。

在呈現分析結果時，你可以選擇從橫向或縱向的方式來解釋研究結果，或是兩者都呈現。

此外，除了用數據之外，我們也可以用一些更活潑的寫法（詳見【科學小學堂10-1】）：例如：我們利用約數，並強調比較，可以改寫成這樣：

「男高中生中，喜歡果汁最多，占四成（40.00%），其次是牛奶與其它飲料，都占三成（30.00%）。而在女高中生中，喜歡牛奶的最多，占半數以上（54.55%），其次是果汁，占三分之一以上（36.36%），喜歡其它飲料，則不到一成（9.09%）。」

或是，「喜愛牛奶的女高中生比率較高（54.55%），大約是男高中生（30.00%）的1.8倍以上；喜歡果汁的比率則差不多（40.00% vs. 36.36%）；而喜歡其它飲料的男高中生比率較高（30.00%），是女高中生（9.09%）的3倍以上。」

用這種方式呈現分析結果，是不是比較有趣呢？

11.6 一個類別變項與一個數量變項：統計分析

在使用以下分析方法前，請務必確認你已經讀過11.1至11.3節了；否則請念「速速前！」前往這三節，搞清楚狀況。[3]以下我們介紹一個類別變項和一個數量變項的資料分析，在這類分析中，參照變項一定是類別的那個；例如：「不同年級的人（類別變項），其體質指數BMI（數量變項）是否有差異？」此時「年級」為參照變項；「把數學成績區分成高分組和低分組之後，高、低分組的人（類別變項）在物理成績上（數量變項）是否有差異？」此時「數學高低分組」為參照變項，以此類推。

以下我們以「不同年級的人，其體質指數BMI（數量變項）是否有差異？」為例來進行分析；其中年級為參照變項。在範例

---

[3] 「速速前」是系列小說《哈利波特》中的咒語。啥！念了沒效？看來你是個麻瓜，怪不得我們。

Ch11B.xlsx中，包含了21位高中生的年級與BMI（體質指數）。[4]
在這個例子中，我們計算不同年級高中生的BMI平均數，然後呈現
在論文中。

　　1. 請利用本書「附錄A：Excel中一個變項的排序」指示，
「排序方式」選擇參照變項。以本例來說，「排序方式」要選年
級。排序結果應該會如圖11-9，年級已經被排整齊。

　　2. 在主要類比變項類別固定下，選取要計算平均數的變項資
料，例如：在年級為「1」下，選取所有的BMI。

　　3. 此時可以看到工作表右下會幫忙計算「平均數」，如圖
11-9，在此例中是22。這表示年級為1的所有人，其BMI平均數為
22。

　　4. 點選工作表底下⊕號。

　　5. 此時會產生新工作表，在新工作表中記錄類別名稱及平均
數，如圖11-10那樣。請注意，左邊放參照變項（如：一年級、二
年級……），上方放另一個變項。

　　6. 重複步驟2到5，直至所有類別的平均數都記錄完畢（例
如：在年級為「2」時，BMI的平均數；年級為「3」時，BMI的平
均數；以此類推）。在操作時，畫面左下方的「工作表1」、「工
作表2」標籤，可以讓你切換所需頁面。

---

[4] BMI 是受測者的體重（公斤數）除以身高（公尺）的平方，用來簡單
地表示受測者的胖瘦程度。「請問作者 BMI 是多少？」這種小事不
用問，對我們來講，BMI 已如浮雲，早已隨它去了。

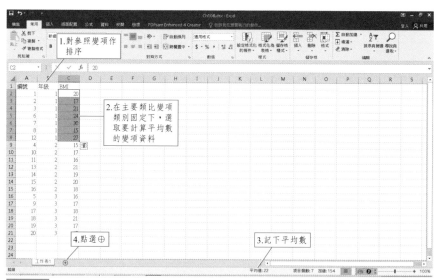

圖11-9

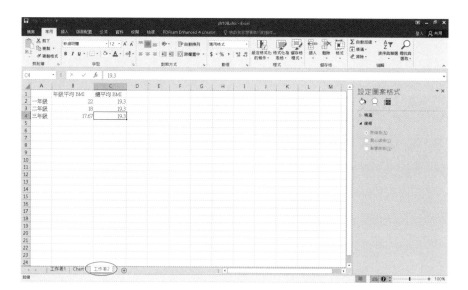

圖11-10

11.7 一個類別變項與一個數量變項：結果呈現

作完統計分析，要把分析結果以易懂的方式呈現並適當解釋，以幫助讀者理解。我們通常會將統計結果以表格與圖呈現，以幫助讀者理解。

1. 製作表格。你需要用表格呈現不同年級下的BMI平均數，如表11-2。由於平均數可能包含小數，你可以取一到兩位小數。

表11-2　不同年級高中生體質指數（BMI）平均

年級	體質指數（BMI）平均數
一年級	22.00
二年級	18.00
三年級	17.67

2. 繪製統計圖。

(1) 選取畫圖所需要的平均數範圍（如圖11-11中，由A1到B4包含了所有資料範圍）。

(2) 點選「插入」。

(3) 選取「建議圖表」。

(4) 在建議圖表中，選取比較合適的一個。如果沒有想法，先選第一個，然後按「確定」，如圖11-11。

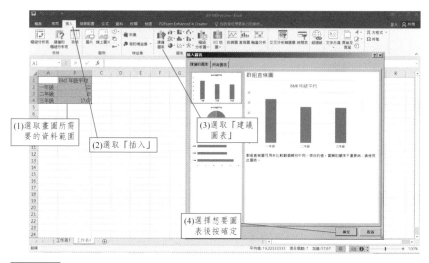

(1)選取畫圖所需
要的資料範圍

(2)選取「插入」

(3)選取「建議
圖表」

(4)選擇想要圖
表後按確定

圖11-11

(5) 圖會出現在工作表中。快速點擊「圖表標題」，並在上面輸入你對這張圖的命名。在此，我們命名為「體質指數（BMI）平均」，如圖11-12。

(6) 更動圖形細節。Excel 畫出來的表格，有時會文字過小，或是圖形配色不佳。以滑鼠雙擊相關部分、或是選取相關部分後，就可以進行調整，你可自己試試畫出最符合你需要的圖。請務必更動字型，設定為適當字型、顏色與大小。字型大小以 16 為原則，視字數多寡略放大或縮小；顏色部分，如果未來印出時是黑白，最好改為黑白，印出時的顏色會更符合你的預期。以上設定都可以利用滑鼠雙擊你想要更動的相關部分，然後搭配右鍵，或是利用上方「常用」標籤的變更字型大小、顏色等方式進行處理。

3. 完成的圖，只要在圖上的空白處（一定要是空白處）按右鍵，選取「複製」，就能貼到你的論文中。

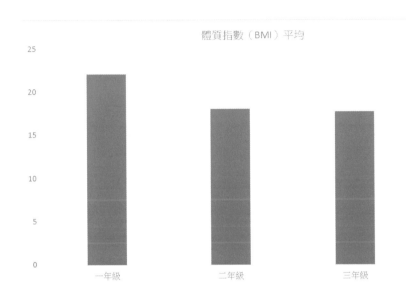

體質指數（BMI）平均

圖11-12

　　以上就是一個類別變項與一個數量變項的分析和呈現，有了這些分析結果，你就可以在論文中書寫並解釋這些結果了。例如：「一年級的平均BMI為 22.00，而二年級則是 18.00，三年級則是17.67。」由於關心的是兩個變項間的關係，撰寫「結果」時要對比不同年級中，BMI平均數的差異，這部分請參考【科學小學堂11-2】。

科學小學堂 11-2

一個類別變項與一個數量變項分析結果的文字敘述

　　一個類別變項與一個數量變項分析結果的呈現，可以分成兩個部分：（1）呈現各組的平均值；（2）對各組平均值加以比較。我們以文中不同年級的體質指數為例示範說明。第一個部分，我們可以分別呈現三個年級BMI的平均值，例如：「一年級的平均BMI為22.00，而二年級則是18.00，三年級則是17.67。」第二部分，則是加以比較，例如：「一年級的平均BMI最高，二年級次之，三年級則是最低。」

　　此外，除了用數據之外，我們也可以用一些更活潑的寫法（詳見【科學小學堂10-2】），例如：我們可以把BMI和國民健康署的標準作比較：

　　「一年級的平均BMI為 22.00，依據國民健康署的標準屬於健康體位；而二年級則是 18.00，三年級則是17.67，二、三年級高中生的平均BMI，依據國民健康署的標準屬於體重過輕。」

11.8 兩個數量變項：統計分析與結果呈現

咦？你怎麼會在這裡？跑錯地方啦！這表示你沒有讀本章的前三節；請念「路摸斯！」前往11.1至11.3節。[5]

/////////////// 📑 **本章摘述** ///////////////

1 分析資料前，你必須先知道自己一次只想要分析一個變項，或想要探討多個變項之間的關係。本章介紹探討多個變項關係的統計方法，若只想探討一個變項則要用第十章的方法。

2 分析兩個變項關係時，我們把其中一個設定為參照變項，用來分類。你可以利用「本研究要比較不同的X的人，Y的差異」這個句子，來判斷哪一個變項適合作參照變項。

3 統計結果的呈現包括表與圖。分析兩個變項時，重點在於比較，因此製表與繪圖時，要選擇能表現差異的表與圖。

4 解釋統計結果就是讓數據有意義。我們可以透過兩個方式呈現：(1)描述參照變項中各組的平均值或百分比；(2)對各組的平均值或百分比進行比較。

///

---

[5] 這是系列小說《哈利波特》中的咒語。「路摸斯」可以發出螢光，指引迷途羔羊。

進階主題——你可以Google看看

▷ 列聯表
▷ 學生 t 檢驗
▷ 相關係數
▷ 迴歸

本章習作

1. 本章所附習題資料 Ch11Ex1.xlsx，取自 TIMSS（跨國教育評比）2015 年調查，包含五個地區，各 200 位八年級同學家中的藏書量。地區別與藏書量都是類別變項，其中地區部分，1 到 5 依序表示台灣、日本、韓國、香港與新加坡。藏書量方面，數字的 1 到 5，依序表示「10 本以下」、「11 到 25 本」、「26 到 100 本」、「101 到 200 本」與「200 本以上」。請依照 11.4 到 11.5 節的步驟，分析地區和藏書量之關係。

2. 本章所附習題資料 Ch11Ex2.xlsx，取自 TIMSS 2015 年調查，包含五個地區，各 200 位八年級同學的化學、地科、生物與物理成績。地區別是類別變項，其中地區部分，1 到 5 依序表示台灣、日本、韓國、香港與新加坡。四科成績都是數量變項。請依照 11.6 到 11.7 節的步驟，分析地區和化學成績之關係。

3. 請使用 Ch11Ex2.xlsx 資料，依照 11.6 到 11.7 節的步驟，分析化學成績和物理成績之關係。

4. 在 Google 中，搜尋「政府資料開放平台」，找到一筆你有興趣的資料，其中包含兩個類別變項，並依照 11.4 到 11.5 節的步驟進行分析。

5. 在 Google 中，搜尋「政府資料開放平台」，找到一筆你有興趣的資料，其中包含至少一個數量變項，以及另一個用來當作參照變項的變項（類別或數量變項皆可），依照 11.6 到 11.7 節的步驟進行分析。

附 錄 *A*

Excel 中一個變項的排序

Excel 中一個變項的排序

為了讓初學者可以用比較簡單直覺的方式作統計分析，本書在操作統計時常常會用到Excel的排序功能。在這裡，我們以範例檔Ch09A.xls來示範操作「一個」變項的排序（你可以下載本書的所有範例檔，下載方式請見本書封底），至於「多個」變項的排序請見附錄B。在本書中我們使用的是Office 365版本的Excel，如果你的Excel版本不同，Google一下，應該都可以找到對應的操作方法。

如果我們要對「性別」作排序：

1. (1)先將滑鼠游標移到任一個有輸入數值的資料格。(2)點擊「常用」。(3)點擊「排序與篩選」，再點擊「自訂排序」。以上步驟如圖A-1。

圖A-1

2. 出現對話框之後，(1)先確定右上角的「我的資料有標題」有打勾。(2)然後點擊「排序方式」的下拉表單。(3)點擊要排序的變項，如「性別」。(4)確定右方「順序」那一欄呈現「最小到最大」。(5)按確定即完成排序。操作如圖A-2。

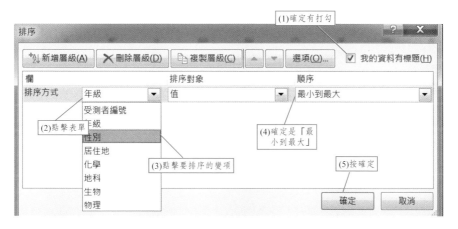

圖A-2

附　錄　B

Excel 中多個變項的排序

Excel 中多個變項的排序

為了讓初學者可以用比較簡單直覺的方式作統計分析，本書在操作統計時常常會用到Excel的排序功能。在這裡，我們以範例檔Ch09A.xls來示範操作「多個」變項的排序（你可以下載本書的所有範例檔，下載方式請見本書封底），至於「一個」變項的排序，請見附錄A。在本書中我們使用的是Office 365版本的Excel，如果你的Excel版本不同，Google一下，應該都可以找到對應的操作方法。

如果我們要對「年級」和「性別」作排序：

1. (1)先將滑鼠游標移到任一個有輸入數值的資料格。(2)點擊「常用」。(3)點擊「排序與篩選」，再點擊「自訂排序」。操作如圖B-1。

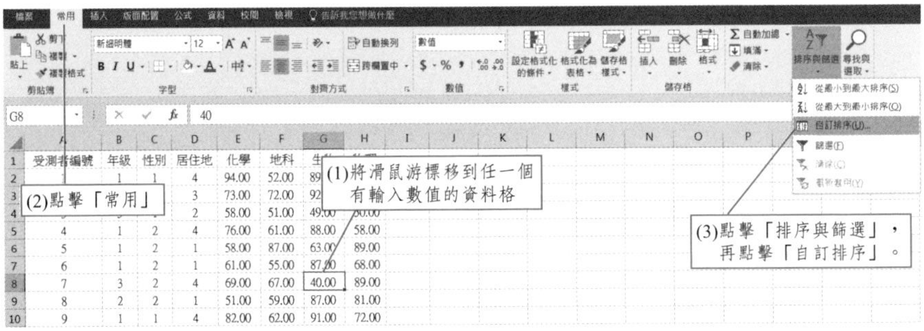

圖B-1

2. 出現對話框之後，(1)先確定右上角的「我的資料有標題」有打勾。(2)點擊「排序方式」的下拉表單。(3)點擊第一個要排序的變項，如「年級」。操作如圖B-2。

圖B-2

3. (1)點擊「新增層級」。(2)點擊「排序方式」的下拉表單。(3)點擊第二個要排序的變項，如「性別」；若有多個要排序變項，則可重複使用(1)～(3)步驟增加層級。(4)確定右方「順序」那一欄都是呈現「最小到最大」。(5)按確定即完成排序。操作如圖B-3。

圖B-3

國家圖書館出版品預行編目資料

給少年社會科學家：小論文寫作及操作指南／
鄭中平，顏志龍作. －－初版. －－臺北
市：五南，2018.03
　　面；　公分
ISBN 978-957-11-9592-6（平裝）

1.論文寫作法　2.社會科學

811.4　　　　　　　　　　　107001356

4H02

給少年社會科學家：
小論文寫作及操作指南

作　　者 ― 鄭中平　顏志龍（406.4）

發 行 人 ― 楊榮川

總 經 理 ― 楊士清

副總編輯 ― 陳念祖

責任編輯 ― 陳俐君　李敏華

封面設計 ― 姚孝慈

出 版 者 ― 五南圖書出版股份有限公司

地　　址：106台北市大安區和平東路二段339號4樓

電　　話：(02)2705-5066　　傳　　真：(02)2706-6100

網　　址：http://www.wunan.com.tw

電子郵件：wunan@wunan.com.tw

劃撥帳號：01068953

戶　　名：五南圖書出版股份有限公司

法律顧問　林勝安律師事務所　林勝安律師

出版日期　2018年3月初版一刷

定　　價　新臺幣300元